国家古籍整理出版专项经费资助项目

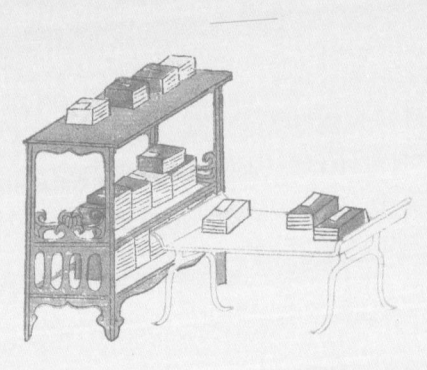

明清小品丛书

A Series
of
Essays
in
Ming and Qing
Dynasties

金圣叹小品

〔清〕金圣叹——著

张真——注评

中州古籍出版社
·郑州·

图书在版编目(CIP)数据

金圣叹小品 /(清)金圣叹著;张真注评. —郑州:中州古籍出版社,2023.12
(明清小品丛书)
ISBN 978-7-5738-1075-5

Ⅰ.①金… Ⅱ.①金…②张… Ⅲ.①小品文-作品集-中国-清代 Ⅳ.①I264.9

中国国家版本馆CIP数据核字(2023)第228452号

JIN SHENGTAN XIAOPIN
金圣叹小品

出 版 人	许绍山
选题策划	梁瑞霞 吕 玲
责任编辑	吕 玲
责任校对	苏晓园
美术编辑	曾晶晶
封面设计	黄桂敏

出 版 社	中州古籍出版社(地址:郑州市郑东新区祥盛街27号6层 邮编:450016 电话:0371-65788693)
发行单位	河南省新华书店发行集团有限公司
承印单位	河南瑞之光印刷股份有限公司
开 本	787 mm×1092 mm 1/32
印 张	11.125
字 数	222千字
版 次	2023年12月第1版
印 次	2023年12月第1次印刷
定 价	58.00元

本书如有印装质量问题,请联系出版社调换。

前　言

在我粗浅的阅读史里，圣叹是唯一的。圣叹之文，是生而为文，是有我之文，是唯我之文。圣叹是狂狷的，因圣叹是淳真的；圣叹是淳真的，故圣叹是狂狷的。圣叹之狂，世人皆知；圣叹之真，未必有人知。

世人皆知圣叹以批《水浒》名世，而不知《水浒》岂不因圣叹而名世？第五才子书者，圣叹直置《水浒》于《庄子》《离骚》《史记》《杜工部集》之后，试问，自有稗官以来，曾有此尊荣乎？在圣叹短短五十余年的人生里，先后批注过《庄子》《离骚》《史记》《杜工部集》《水浒传》《西厢记》《诗经》《论语》《大学》《中庸》《孟子》《左传》《国策》《古诗十九首》《天下才子必读书》《欧阳修词》等"数十本残书"，其中，前六者被他称为"六才子书"。

圣叹的批语,以干脆利落、不落窠臼为特色。圣叹批《水浒》的过人之处在于,他并非为了批《水浒》而批《水浒》,是有一肚皮不合时宜要发泄出来,唯其如此,方能作人所不能作之语。其《读〈水浒传〉法》评林冲、宋江、吴用、卢俊义诸人已奇,评柴进、公孙胜、戴宗之语,几令人拍案叫绝。《读〈西厢记〉法》更是条条精到,越到最后几条,越是字字点中要害,当真有寸铁杀人之感。同一支笔,或妙笔生花,或味同嚼蜡,笔同而人不同也。世间之文,概而论之,即有我之文与无我之文。文而有我,则其用笔无处不到;文而无我,则其用笔而笔不到,则用一笔而一笔不到,虽用十百千乃至万笔,而十百千万笔皆不到。

在圣叹的时代,交游成为获取信息、切磋学术的重要方式,王斫山、王道树兄弟,徐增,族兄金昌等,都曾以不同的方式参与、促进圣叹的批注,圣叹在批注中也常引用他们的观点或批语。尤其是王氏兄弟,他们与圣叹惺惺相惜、息息相通,不惟挚友,更是诤友。圣叹最先"分解"的唐诗是王维诗,他迫不及待地送给王道树过目。因道树知圣叹、懂圣叹,有能力指正圣叹、有勇气批评圣叹，即圣叹所谓"知弟最深，爱弟最切，弟有不当，能面诤之"。斫山曾参与圣叹点评《西厢记》《水浒传》，金批《西厢记》引斫山评语达二十余处。斫山其人诙谐幽默，好标新立异，可详见本书所选《斫山先生》一篇。

圣叹真性情，不掩饰，不做作。对同道挚友的观点、批语，他从不掠美；但当好友对自己"分解"唐诗表示不理解、持怀疑态度时，他就会毫不客气地予以辩驳，乃至动怒。如他曾给好友任炅写过一封信，这是一封负气的信、一封饱含血泪的信。在这封信里，他把挚友对自己的不理解、把自己对人生的信仰和盘托出，真真性情之作。同时，他转身就会向另一位好友分享自己的成果，陶醉在自我的美好中。如他曾给好友宋德宏写过一封信，极为自信地说：

> 律诗如四时，一二须条达如春，三四须蕃畅如夏，五六须挚敛如秋，七八须肃穆如冬。先生澄怀味道之暇，试复尽出唐人名作，处处测之。

圣叹就像是一个未曾涉世的赤子，喜就是喜，怒就是怒，一片淳真。

后人以"批注"为圣叹之名山事业，而圣叹

不过以为"消遣法"。其《西厢记》序一《恸哭古人》云：

> 我安计后之人之知有我与不知有我也？嗟乎！是则古人十倍于我之才识也，我欲恸哭之，我又不知其为谁也，我是以与之批之刻之也。我与之批之刻之，以代恸哭之也。夫我之恸哭古人，则非恸哭古人，此又一我之消遣法也。

以为名山事业者，后人之痴愚也；以为消遣之法者，圣叹之淳真也。在须臾不可停的脚步和指尖里，人们错过了多少极微至妙的淳真。

本书选文所据底本为陆林辑校整理《金圣叹全集》（修订版全六册，凤凰出版社2016年版），选文共九十二篇，其中，属圣叹之文者八十五篇，属他者眼中之圣叹者七篇。选文的风格、视角各异，以期为读者展现一个更立体的金圣叹形象。他，确实与众不同。

张　真

写于温州大学

目 录

卷一　贯华堂选批唐才子诗甲集七言律诗

答王道树学伊　/3

与徐子能增　/7

答徐子能　/11

唱经堂东柱上　/13

与家伯长文昌　/16

与许青屿之渐　/18

与任昇之灵　/21

与邵兰雪点　/24

答陆予载志舆　/27

与许祈年来光　/29

吴周维之升·唱经堂西柱　/31

与宋畴三德宏　/33

评崔颢《黄鹤楼》　/35

评窦叔向《夏夜宿表兄宅话旧》 /41

评温庭筠《伤李处士》 /43

评许浑《灞上逢元九处士东归》 /46

评赵嘏《长安晚秋》 /49

评赵嘏《忆山阳》 /52

评薛逢《长安夜雨》 /55

评李频《鄂州头陀寺上方》 /58

评皮日休《西塞山泊渔家》 /61

评陆龟蒙《寒夜同袭美访北禅院寂上人》 /64

评李洞《毙驴》 /67

评吴融《废宅》 /71

评韦庄《鄜州留别张员外》 /74

卷二 唱经堂杜诗解

春日怀李白 /79

赠高式颜 /83

蜀相 /86

江村 /89

杜诗五首 /93

凭韦少府班觅松树子栽 /102

早起 /106

魏十四侍御就敝庐相别 /110

登楼　/115

旅夜书怀　/119

云安九日郑十八携酒陪诸公宴　/122

咏蜀先主　/124

秋兴八首　/129

阁夜　/132

园　/135

见萤火　/138

卷三　贯华堂第六才子书西厢记

恸哭古人　/143

留赠后人　/147

读《西厢记》法·奇书　/151

读《西厢记》法·灵感　/155

读《西厢记》法·人物　/159

读《西厢记》法·读法　/162

著书之人　/165

用笔　/167

极微　/170

读书种子　/173

庐山　/176

文章三法　/180

苦吟僧 /184

善游 /188

吾知之 /191

斫山先生 /193

我于此文 /197

不亦快哉 /200

妙处不传 /205

如此大怒 /208

卷四 第五才子书施耐庵水浒传

吾于《水浒》无间然 /213

读《水浒传》法·题目 /216

读《水浒传》法·人物 /220

读《水浒传》法·文法 /223

所谓东都施耐庵序 /228

文章之为物 /236

疟疾文字 /239

两刀接连一字不犯 /243

何以为活 /247

月上时节 /250

莫难于说虎 /253

吓杀憨杀 /258

《水浒》之奇　／262

因文生事　／265

两隽双璧　／271

褒贬在笔墨之外　／274

《水浒》以外更无文章　／277

评话中说评话　／280

犹疑身在旧塾　／283

奴才　／288

卷五　圣叹序文四篇

《小题才子书》序　／293

《圣叹内书》序　／296

《感怀诗》序　／301

《葭秋堂诗》序　／306

附录　他者眼中之圣叹

《才子书》小引／金昌　／313

叙《第四才子书》／金昌　／318

《贯华堂评选杜诗》序／赵时揖　／321

《贯华堂评选杜诗》总识／赵时揖　／325

《才子杜诗解》叙／王大错　／331

《西厢》辨伪／褚元勋　／334

《天下才子必读书》序／徐增　／339

卷一 贯华堂选批唐才子诗甲集七言律诗

诗非异物,
只是人人心头舌尖所万不获已,
必欲说出之一句说话耳。

答王道树学伊①

松树子便已如法种讫，今初离立如人也。诚得天假弟二十年，无病无恼，开眉吃饭，再将胸前数十本残书一一批注明白②，即是无量幸甚，如何敢望"老作龙鳞"③岁月哉。谢谢！尊教④讽⑤弟书⑥，注当以《世说》⑦刘孝标⑧为最胜者。此语人所同习，弟岂不闻？但弟今愚意且重分解⑨，分解本是唐律诗中一定平常之理，何足哓哓⑩多说。特无奈比来不说既久，骤说便反见怪，故弟不避丑拙，试欲尽出唐人诸诗，与之逐首分之⑪。然则先生谓弟与唐人分解则可，谓弟与唐人注诗，实非也。王摩诘⑫十二首先驰览，愿洞照愚意之所存。其辞则皆儿子⑬之所笔受，最似荒略，宜应稍加润泽。然而弟意则都不在此。

【注释】

①王道树学伊：王道树（1619~1665），名学伊，字公似，号道树，长洲（今江苏苏州）人。与其兄王瀚（号斫山）同

是金圣叹的同乡挚友,他们惺惺相惜,不仅是挚友,更是诤友。后文所选金圣叹在答另一位好友徐增的信中,详细地描述了王道树的为人及二人的关系。

②再将胸前数十本残书一一批注明白:金圣叹只有生员功名,终身未仕,他为后人所知,主要是因为他对几部名著的评点和他特立独行的为人,而这两者又是相辅相成、互为因果的。"批注"是金圣叹名山事业,在他短短五十余年的人生里,先后批注过《庄子》《离骚》《史记》《杜工部集》《水浒传》《西厢记》《诗经》《论语》《大学》《中庸》《孟子》《左传》《国策》《古诗十九首》《天下才子必读书》《欧阳修词》等"数十本残书",其中,前六者被他称为"六才子书"。他批注的《水浒传》《西厢记》对明清小说、戏曲的评点影响颇深。

③老作龙鳞:语出王维《春日与裴迪过新昌里访吕逸人不遇》:"桃源一向绝风尘,柳市南头访隐沦。到门不敢题凡鸟,看竹何须问主人。城上青山如屋里,东家流水入西邻。闭户著书多岁月,种松皆老作龙鳞。"意思是说吕逸人在其隐居之处著书立说已经很久,他亲手栽种的松树都已经很老,树的表皮都像龙鳞一样。金圣叹在这里想要表达的是自己岂敢奢望这样的境界,只求能把"胸前数十本残书一一批注明白",就已经是"无量幸甚"了。

④尊教:指王道树的来信。

⑤讽:含蓄委婉地劝告。

⑥弟书：指金圣叹批注的形式与内容。

⑦《世说》：即指《世说新语》。南朝宋临川王刘义庆主持编纂的一部文言志人小说集，其内容主要是记载东汉后期到晋宋间一些名士的言行与逸事。《世说新语》博采众书，风格多样，后世多有仿作。

⑧刘孝标：刘峻，字孝标，本名法武，南朝梁学者、文学家。其《世说新语注》征引繁博，考定精审，著闻于世。钱穆在《中国史学名著》中将刘孝标《世说新语注》与裴松之《三国志注》、郦道元《水经注》、李善《文选注》并称为"四大名注"。四大名注的共同特点是征引大量古籍为本书作注，重在史料之补遗、史事之考辨，而轻于义理之阐发、文辞之赏析。

⑨分解：即金圣叹以"七律分解法"来批评唐诗，将唐诗分为"前解""后解"，分析隐藏在诗句背后的起承转合，跌宕起伏。关于"分解"，金圣叹在不少文章中都曾谈到，本书后面会选取一些以作进一步阐释，也会选取金圣叹"分解"唐律诗的批评文字以作赏析。

⑩哓哓（xiāo xiāo）：争辩之声，一般含有贬义色彩。

⑪"试欲"二句：顺治十七年（1660）二月初八日至四月十五日，金圣叹为其子金雍"分解"唐诗七律，前后通计满六百首，即《贯华堂选批唐才子诗甲集七言律诗》。他又专门选批杜诗二百首，即《唱经堂杜诗解》。

⑫王摩诘：王维，字摩诘，号摩诘居士。唐代著名诗

人、画家。王维参禅悟理，学庄信道，有"诗佛"之称，其字"摩诘"便出自佛经《维摩诘经》。苏轼评价其："味摩诘之诗，诗中有画；观摩诘之画，画中有诗。"

⑬儿子：指金圣叹之子金雍。金圣叹《贯华堂选批唐才子诗甲集七言律诗》由他本人口授，其子金雍笔录。

【赏读】

"诚得天假弟二十年，无病无恼，开眉吃饭，再将胸前数十本残书——批注明白，即是无量幸甚"几句，引得多少知己为之酸鼻。

圣叹之批注，非如刘孝标之注《世说新语》。刘孝标注，圣叹非是不能注，而是不愿注、不肯注、不屑注。旁人如何注，我亦如何注，则何其为金圣叹耶？

与徐子能增①

昨道树②有手札,微讽弟注书应如刘孝标。昔李北海③,以其尊人讳善④所注《文选》未免释事忘义⑤,乃更别自作注⑥,一一附事见义⑦。尊人后见而知不可夺⑧也,因而与己书⑨两行之⑩。今弟亦不敢诋刘之释事忘义,亦不敢谓己之附事见义。总之,弟意只欲与唐律诗分解。"解"之为字,出《庄子·养生主》篇所谓"解牛"者也。彼唐律诗者有间也,而弟之分之者无厚也。以弟之无厚,入唐律诗之有间,犹牛之謋然⑪其已解也。知比日选诗甚勤,必能力用此法。近来接引后贤,老婆心热⑫,无逾先生者,故更切切相望。

【注释】

①徐子能增:徐增(1612~?),字子益,又字无减、子能,别号而庵、梅鹤诗人。长洲(今江苏苏州)人。明崇祯间诸生。能诗文,工书画。著有《说唐诗》。徐增与金圣叹为至交,金圣叹卒后,周亮工之子周在浚复刻金氏绝笔之作

《天下才子必读书》，请徐增作序，称徐氏"知圣叹"，非徐氏"不能序圣叹之书"。虽然徐氏谦称"夫余乌能序之？又乌能知圣叹？"但他还是洋洋洒洒写了一篇《〈天下才子必读书〉序》，序中对金圣叹的性格、人品、学识、才气等各方面作了全面而精当的评述。其所著《说唐诗》，从内容到方法，都明显地受到了金圣叹的影响。

②道树：即王道树。

③李北海：李邕，字泰和，文选学士李善之子，唐代著名书法家。李邕补注《文选》事，见《新唐书》本传："始，（李）善注《文选》，释事而忘意。书成，以问邕，邕不敢对，善诘之，邕意欲有所更，善曰：'试为我补益之。'邕附事见义，善以其不可夺，故两书并行。"但也有学者怀疑此事为子虚乌有，如玉令《李邕补益〈文选注〉说志疑》（《文学遗产》1991年第2期）。未知孰是，姑附闻于此，以俟方家。

④其尊人讳善：即李邕之父，名曰李善，唐代学者，《文选》学的奠基人，人称文选学士。为人清正廉洁、刚直不阿，有君子风范，有雅行。学贯古今，不能属辞，故人号"书簏"。李善注《文选》，萃其一生精力，征引极富，与裴松之《三国志注》、郦道元《水经注》、刘孝标《世说新语注》并称为"四大名注"，对后世影响极为深远。

⑤释事忘义：和"四大名注"的其余三注一样，李善《文选注》也存在"释事忘义"的倾向，即他们的注释重在

史料之补遗、史事之考辨，而轻于义理之阐发、文辞之赏析。对此，后人褒贬不一，刘美燕《"释事忘义"再评价》（《广西师范大学学报》2016年第6期）对此有详论，可参看。

⑥别自作注：指李邕另外又给《文选》作注，但按照《新唐书》本传的记载，李邕只是为李善"补益之"，而非另起炉灶，"补益"的内容可能就是李善原注中"忘义"的部分。

⑦附事见义：指李邕有别于其父李善的注法，重在由事实阐发其义理、文辞。

⑧不可夺：指李善认为自己的注法不能胜过李邕的注法。

⑨己书：指李善的《文选注》。

⑩两行之：指李善允许李邕"补益"的《文选注》与自己的原注一起流传。

⑪謋（huò）然：迅疾裂开貌。语出《庄子·养生主》："动刀甚微，謋然已解。"

⑫老婆心热：意谓徐增像年长的妇人一样热心于提携后学。老婆，这里指老年妇女。

【赏读】

刘孝标、李善之注，乃释事忘义，李邕之注，乃附事见义。李善注《文选》乃千古名注，其子李邕尚能坚持己见而不盲从父命,而李善以文选学士之专、身为人父之尊,而能让其子补益,以为不可夺,许两行之,可谓是难父难子,世人何不容我金圣叹之"分解"耶?纵然举世皆不解,与我圣叹何损益?然徐增是我挚友,如何亦不解耶?

答徐子能

承谕欲来看弟分解①,弟今垒塞前户,未可得入。先曾有王摩诘十二首在道树许②,或可索看。所以先呈道树看者,道树与弟同学③三十年,其英分④过弟十倍;又且知弟最深,爱弟最切,弟有不当,能面诤⑤之。昨亦恐有不当,欲其面诤,故特私之也。今如索得,看有不当处,便宜直直见示。此自是唐人之事,至公至正,勿以为弟一人之事而代之忌讳也。

【注释】

①承谕欲来看弟分解:指接到徐增来信,表示要看金圣叹的"分解"。承谕,谦辞。

②许:处,地方。

③同学:这里作动词用,指一起学习、探讨学问。

④英分:才能,智慧,天分。

⑤面诤:当面劝谏,往往指敢犯颜直谏。

【赏读】

金圣叹为何要将先分解出来的十二首王维诗交给王道树过目呢?王道树并非旁人,他是金圣叹相交三十年之挚友,他知金圣叹、懂金圣叹、有能力指正金圣叹、有勇气批评金圣叹。"知弟最深,爱弟最切,弟有不当,能面诤之",人生得一挚友如此,夫复何求?"代之忌讳"的"代之",尤其是给那些深谙世故的好好先生迎面扇了个大嘴巴子。

唱经堂①东柱上②

昨在葑溪③浮桥边,忽然有人问某:分解委是④如何?某遽答⑤以"开弓放箭"之喻,云:前解如弓来体,后解如弓往体。盖弓来体,在初拽开时,眼之所注,箭之所直,更无旁及,而后引之而必至于满也。今一二⑥,正如初拽开时之眼之所注、箭之所直,更无旁及也;三四,不过如引之而必至于满也。弓往体,在既放箭后,其所到处必中要害,而事亦有不得中要害者,则其既满临放之时手法之异也。今七八,正如箭到之必得中要害也;五六,则如既满临发之时之手法也。此喻最是快意,归记于此。

【注释】

①唱经堂:金圣叹室号。金氏别号"唱经子""大易学人""涅槃学人""唱经先生"。其室号亦有"沉吟楼""学士堂""唱经堂""杜甫堂"等,"唱经堂"见徐增《送三耳生见唱经子序》:"三耳生曰:'在何处见?'余曰:'不在唱

经堂见,在三千大千世界中见。'"又见徐增《答王道树》:"弟不到唱经堂十年矣。"

②东柱上:指金宅(唱经堂)内的东柱上。《贯华堂选批唐才子诗甲集七言律诗》由金圣叹口授,其子金雍笔录,金雍在书前增附《鱼庭闻贯》,共一百零三条,均系金圣叹有关分解唐律诗的理论。其来源有三:一是金圣叹与友人书信;二是金圣叹平日读书题记;三是自家壁间柱上,"有浮贴纸条,或竟实署柱壁,其有说律体者,又得数十余条"。本条当即得于此。

③葑溪:即苏州护城河东段。葑溪一带是苏州重要的文化区,近代著名教会大学——东吴大学即选址于此,其校歌中有"葑溪之西,胥江之东,广厦万间崇"之句。

④委是:到底是,究竟是。

⑤遽答:立即回答。这里含有极为自信回答之意。

⑥一二:指律诗的一二句。下文"三四""五六""七八",均指律诗的三四句、五六句、七八句。

【赏读】

这篇文章把"分解"比喻得很形象,说得很透彻。要是没些本事,没有对某一问题的深入思考、研究,还真经不住"忽然有人问某:某某委是如何?"还真做不到"某遽答以某某之喻"。真是你必须很努力,才能看起来毫不费力。

全文收尾之句，隔着三四百年，还能闻到他的"得意之气"。第二天他又写信告诉朋友，转告此事，仍然意犹未尽、回味无穷，表示"既归，而转思转快"，还说："先生试细思此喻，便可直透老杜'群山万壑赴荆门，生长明妃尚有村'与'千载琵琶作胡语，分明怨恨曲中论'之四句二十八字。弟眼中豁达开悟，未见有如先生者，故不觉又津津言之也。"在他看来，重要的事情说三遍也不多。

与家伯长文昌①

诗非异物②,只是人人心头舌尖所万不获已,必欲说出之一句说话耳。儒者则又特以生平烂读之万卷,因而与之裁之成章③,润之成文④者也。夫诗之有章有文也,此固儒者之所矜为独能⑤也。若其原本,不过只是人人心头舌尖万不获已,而必欲说出之一句说话,则固非儒者之所得矜为独能也。承示新作,便欲入许用晦⑥之室矣。

【注释】

①家伯长文昌:即金昌,字长文,号夔斋,法名圣瑗。其《才子书小引》称"唱经,仆弟行也",金圣叹另在《春感八首》《圣人千案》等序中也称其为"家兄长文",由此可见,二金系同族兄弟,但系房族亲疏程度如何,难知其详。所谓"家伯",是从金圣叹之子金雍的辈分而称金昌的。从金圣叹的人生和作品所述看,金昌不只是他的族兄,还是他的学术同好,他至少参与了金圣叹的易学研究、《圣人千

案》、点评《左传》、唐才子诗、杜诗等活动,金圣叹在相关著述中曾引用或提及金昌的观点。

②诗非异物:诗并非什么神奇而特殊的东西。

③裁之成章:剪裁、整合为诗文段落。章,段落。

④润之成文:在文采上加以润色、修饰。文,文采。

⑤矜为独能:自夸为自己特有的才能。

⑥许用晦:许浑,字用晦,一作仲晦,唐代诗人。一生不作古诗,专攻律体,题材以怀古、田园诗为佳,艺术则以偶对整密、诗律纯熟为特色。唯诗中多描写水、雨之景,后人拟之与"诗圣"杜甫齐名,并以"许浑千首湿,杜甫一生愁"评价之。许诗误入《杜牧集》者甚多。代表作有《咸阳城东楼》。金圣叹《贯华堂选批唐才子诗甲集七言律诗》选批许浑诗三十三首,为所批唐才子诗之冠。

【赏读】

人们往往误把诗歌等文学创作视为神秘莫测之物,这与"儒者""矜为独能"有关,结果使得文学创作不仅远离了读者受众,也脱离了作者的本意。金圣叹在其贯华堂东柱书有:"人本无心作诗,诗来逼人作耳。"其实,诗歌不过是诗人心中有所感发而不吐不快的几句话,作诗不过是极为自然之事。因此,也只有这种吐露真情实感的诗作,才能真正打动人心,穿透时空。

与许青屿之渐①

诗如何可限字句？诗者，人之心头忽然之一声耳。不问妇人孺子，晨朝夜半，莫不有之。今有新生之孩，其目未之能眴②也，其拳未知能舒也，而手支足屈，口中哑然。弟熟视之，此固诗也。天下未有不动于心，而其口有声者也；天下未有已动于心，而其口无声者也。动于心、声于口，谓之诗，故子夏③曰："在心为志，发言为诗。"故"志"之为字，从之从心，谓心之所之也；"诗"之为字，从言从之，谓言之所之也。心之所之，谓之志焉；言之所之，斯有诗焉。故诗者，未有多于口中一声之外者也。唐之人撰律，而勒令天下之人，必就其五言八句，或七言八句。若果篇必八句，句必五言七言，斯岂又得称诗乎哉？弟固知唐律诗，乃断断不出天下人人口中之一声。弟何以知之？弟与分解而后知之。鲁桐声今在何处？弟欲与之往返十许日，搜尽此老诗学。

【注释】

①许青屿之渐：许之渐（1613~1700），字仪吉，号青屿。武进（今属江苏常州）人。明末清初诗文家。清顺治十二年（1655）进士，授户部主事，迁江西道御史，弹劾不避权贵。巡视陕西茶马，前任按茶篦、马匹数自取十分之二，致商贩不前，马匹缺少。之渐至，禁除陋习，勒条约宣示百姓，不苛不扰，远近称好。后因事被削职，事雪复官，自以性刚难与人共事，辞官回乡，徜徉林下，年八十八卒。工诗善文，诗作流传国门，有风人之旨。著有《槐荣堂奏稿》《茶马事宜》《槐荣堂诗文集》《槐荣堂诗钞》《搴帷行纪诗》等。许之渐与其弟许之溥均与金圣叹交好，可参看陆林《金圣叹与武进许氏兄弟交游考》（《中国典籍与文化》2014 年第 1 期）。

②眴（shùn）：使眼色。这里指新生儿尚不能用眼神表达情感和传递信息。

③子夏：即卜商，姬姓，卜氏，名商，字子夏，尊称"卜子"。孔门十哲之一，春秋末期思想家、教育家。孔子去世后，子夏在魏国西河讲学，收李悝、吴起为弟子，魏文侯也尊其为师，形成独特的儒家流派，史称"西河学派"。

【赏读】

这一篇是接着上一篇说的，把诗不吐不快的本质作形象比喻,其根本在于"动于心",其表现形式是"声于口","人之心头忽然之一声",这就是诗,这才是诗。金圣叹虽然热衷于"分解"唐律诗,但他并不赞成律诗是唯一的诗歌形式,如果那样,就成了"八股文"式的诗。形式的重要性一旦超过内容,诗也就名存实亡了。

与任昇之炅^①

辱先生信弟最过，今独不信弟律诗分解一事；知非不信，只是不轻信耳。弟昔分《周易》上篇为天地之盛德，下篇为圣人之大业②，此最不易信事，而先生一闻便自慨然。今又偏于区区近体③，乃更难之。人固有见大敌勇、小敌怯时耶？弟行年向暮，住世有几④？设有⑤不当，转盼身后⑥，岂能禁人哕骂⑦哉。今因先分得老杜七律数十余首，特命雍儿⑧缮写呈正⑨。若此数十余首，其中乃有一首却是中四句诗者，便请下笔，快然批之驳之，直直示弟。弟于世间，不惟不贪嗜欲，亦更不贪名誉。胸前一寸之心眷眷，惟是古人几本残书，自来辱在泥途者。却不揣⑩力弱，必欲与之昭雪。只此一事，是弟前件，其余弟皆不惜。

【注释】

①任昇之炅：任炅，字昇之，生平不详，从现有资料看，当与金圣叹有较深的交情，但对金圣叹"分解"唐律诗

之法似持怀疑态度。

②"弟昔"二句：金圣叹，别号"大易学人"，对《易》有独到的见解和研究，其《唱经堂通宗易论》之《义例》《五十》详论天地、圣人。如《义例》篇中有"乾，约人之卦，圣人之卦也；坤，约法之卦，天地之卦也""五者，天地之盛德；十者，圣人之大业"等。《五十》篇中有"故五字，天地之字；十字，圣人之字""约天地盛德曰'五'，约圣人大业曰'十'""约法，则分为天地盛德句，是为五字；约人，则分为圣人大业句，是为十字"等。

③近体：即近体诗，又称今体诗、格律诗，包括律诗和绝句。相对于古体诗而言，其句数、字数、平仄、押韵都有严格的限制，是唐代以来的主要诗体。

④住世有几：留在世上的时间还有多久？

⑤设有：即使有，假如有。

⑥转盼身后：转眼就去世了。盼，看。身后，去世的委婉说法。

⑦哕（yuě）骂：唾骂。

⑧雍儿：即金圣叹之子金雍。

⑨缮写呈正：誊写清样，敬呈指正。

⑩不揣：谦辞。不自量，不考虑。

【赏读】

这是一封负气的信、一封饱含血泪的信。在这封信里，他把挚友对自己的不理解、把自己对人生的信仰和盘托出，真真性情之作。人生在世，转瞬一过，岂能尽看人家的脸色和好恶行事。对金圣叹而言，我就是我，我自分解唐律诗，随你们说去吧。末句尤使人动容。

与邵兰雪点①

弟固不肖无似②,然自幼受得菩萨大戒③,读过《梵网》④"心地"⑤一品⑥。因是比来细看唐人律诗,见其章章悉从心地流出。所谓心地者,只是忍辱、知足、乐善、改过,四者尽之也。弟今乍语,亦知难信,何得此四者便是心地耶?且何得唐律诗乃是此四者耶?弟兹亦不曾云唐律诗却是此四者,弟亦只云唐律诗必从此四种人胸中,始得流出耳。

【注释】

①邵兰雪点:邵点,字子与,一字初庵,号兰雪,浙江余姚人,迁居吴县(今江苏苏州)。国子监生。慕古人刻苦为文。工书,善山水。性孝,尝卖字画以养母。著有《四可斋集》。邵氏生平及其与金圣叹交游情况,可参看陆林《清初邵点其人及与金圣叹交游考——兼论金诗〈春感〉八首的创作心态》(《中国典籍与文化》2015年第2期)。

②不肖无似:谦辞,这里指才能低下到了无可比拟的

地步。

③菩萨大戒：大乘菩萨所受持之戒律。又作大乘戒、佛性戒、方等戒、千佛大戒。反之，小乘声闻所受持之戒律，称"小乘声闻戒"。菩萨戒之内容为三聚净戒，即摄律仪戒、摄善法戒、饶益有情戒等三项，亦即聚集了持律仪、修善法、度众生等三大门之一切佛法，作为禁戒以持守之。菩萨戒之大乘典籍甚多，可综合为《梵网》与《瑜伽》两类律典。

④《梵网》：即《梵网经》，佛教大乘戒律经典，全称《梵网经卢舍那佛说菩萨心地戒品第十》。鸠摩罗什译，上下两卷。上卷叙述释迦牟尼从第四禅擎接大众到莲华台藏世界见卢舍那佛，问一切众生以何因缘得成菩萨十地之道，所得果是何等相，以及卢舍那佛为说菩萨修道阶位四十法门。下卷述说释迦牟尼受教已，示现降生、出家、成道、十处说法，于摩醯首罗天王宫，观诸大梵天王网罗幢，因说无量世界犹如网孔，一一世界个个不同，佛教法门亦复如是。

⑤心地：佛教语。指心，即思想、意念等。这里指《梵网经卢舍那佛说菩萨心地戒品第十》。

⑥品：这里是梵语 varga，巴利语 vagga 之意译，音译作跋渠，相当于篇、章等语，用以划分文章。

【赏读】

作诗心地要纯，过于世故，是作不了诗的。篇中之意，在金圣叹第二天给好友韩贯华的信中讲得更为具体，可参看：

弟昨与兰老论唐律诗，曾云必须忍辱、知足、乐善、改过。此言除兰老外，窃恐河汉者不少。今于纸尾亦乘便求政（正）。夫人不忍辱、不知足、不乐善、不改过，即断断未有能为律诗者也。律诗一起、一承、一转、一合，只是四句，每句只用七字，视之甚似平平无异，然其中间则有崎岖曲折、苦辣甜酸，其难万状，盖曾不听人提笔濡墨、伸腕便书者也。烂醉天真，泼墨淋漓，无如青莲先生。然试观其律诗七章，何章不从崎岖曲折、苦辣甜酸之后，乃始得成耶？或曰：八叉手便已得。此自是见其临赋之时，殊不知其不赋诗时，固无有一时片刻不心心于忍辱、知足、乐善、改过也者，此所谓心地也。《法华经》曰："罗睺罗密行，惟我能知之。"此所谓密行也。先生半生，于是四者，亦可谓勤行甚苦，特不肯轻易作诗。且亦须知唐诸大家名家，皆不肯轻易作诗者也。弟分解一毕，望细看过。

答陆予载志舆[①]

唐律诗凡写景处，所用一切花木虫鸟等物，彼俱细细知其名字、相貌、性情、香气、疗治、占验[②]，无不精切，先时罗列胸中，一齐奔走腕下[③]。故有时合用几物，却是只成一义。今之人不然，写一物只是一物，写两物便是两物；甚至欲作闲斋即事诗，假如庭中却有三五样物，彼则手沾沾然[④]，竟不知应写此物耶，应写彼物耶。

【注释】

①陆予载志舆：陆志舆，字予载，康熙十六年（1677）北榜举人，生平不详。由其中举时金圣叹已卒（如在世，已六十岁）观之，年辈当晚于金氏。

②占验：占卜的兆象或占卜的结果得到应验。

③腕下：笔下。

④沾沾然：拘执，无从下手的样子。

【赏读】

　　作诗要胸有成竹，对知识的积累，对事物的把握，要功在平时，然后在不得不发时，一气呵成。而不是为写诗而写诗，他写诗要表达什么，竟然自己也不知道；既然不知道自己写诗要表达什么，当然也就更不知道该通过什么景物来表达了。所谓一切景语皆情语，景不过情之借物而已，没有情，何来景？

与许祈年来光①

弟读唐人七言近体②,随手闲自钞出,多至六百余章,而其中间乃至并无一句相同。弟因坐而思之:手之所捻③者笔,笔之所蘸着墨,墨之所着于纸者,前之人与后之人,大都不出云山花木、沙草虫鱼近是也,舍是④即更无所假托焉。而今我已一再取而读之,是何前之人与后之人,云山花木、沙草虫鱼之犹是,而我读之之人之心头眼底,反更一一有其无方者乎?此岂非其一字未构⑤以前,胸中先有浑成之一片,此时无论云山乃至虫鱼,凡所应用,彼皆早已尽在一片浑成之中乎?不然而何同是一云一山一虫一鱼,而入此者不可借彼,在彼者更不得安此乎?

【注释】

①许祈年来光:许来光,字祈年,号辰圃,长洲甫里(今江苏苏州)人,寄籍浙江嘉兴。明庠生。清顺治十一年(1654)拔贡。与金圣叹论诗相友善。博通经史,精治

《易》学。

②七言近体:即指唐诗七律。

③捻(niē):古同"捏",指用拇指和其他手指夹住。

④舍是:除此以外。

⑤一字未构:指尚未构思出一字。构,构建,搭建。

【赏读】

这一篇是接着上一篇说的。金圣叹的文字有个比较明显的特点,常就某一话题在不同场合或对不同对象反复申说,但其申说的角度和用意又不尽相同。同是书信,同就唐人写景之事,前一篇写给后生晚辈,是教训的语气;本篇写给同辈好友,则明显是商榷、思考的语气。但无论是何种场合、何种对象,金圣叹的文字总是能给人极为自信、极具个性、一气呵成的感觉。

吴周维之升①·唱经堂西柱

三四写得秾丽②,最是好手。但好手写到秾丽时,必是空无一字。

三四写得平淡,最是好手。但好手写到平淡时,必是咬咀③之其中有无限至味④。

【注释】

①吴周维之升:吴之升,字周维,生平不详。按,文中空行部分代表节选时文字间有省略,本书其他篇目正文空行处,同此。本篇正文空行处,表示中间有略文,并不连贯。书中其他空行处同此,不再赘言。

②秾(nóng)丽:艳丽。

③咬咀:咀嚼。这里比喻对诗歌意境的反复体会。

④至味:最美好的滋味。

【赏读】

　　这两句话原本不在统一出处,但笔者感觉合在一处来看,更能体现其境界。秾丽处而空无一字,平淡处而回味无穷,是何等的胸襟,何等的气象!为人处世,何尝不是如此。不知何故,就是特别喜欢这两句话,真正的言有尽而意无穷。

与宋畤三德宏①

律诗如四时②,一二须条达③如春,三四须蕃畅④如夏,五六须揫敛⑤如秋,七八须肃穆⑥如冬。先生澄怀味道⑦之暇,试复尽出唐人名作,处处测⑧之。

【注释】

①宋畤三德宏:宋德宏(1630~1663),字畤三,长洲(今江苏苏州)人。少年游庠,与兄户部尚书宋德宜有"二宋"之目。顺治辛卯(1651),与族兄宋实颖举于顺天,都下盛称"二宋"。后以母丧,哀毁而卒。生平事迹可参看计东《改亭文集·宋畤三行状》。

②四时:四季。

③条达:条理通达,畅达。

④蕃畅:繁盛,昌盛。

⑤揫(jiū)敛:收敛。

⑥肃穆:严肃而恭敬。

⑦澄怀味道:清净心情,品悟自然。

⑧测:衡量,验证。

【赏读】

  寥寥数语,把律诗四联比作一年四季,言简意赅,生动形象。末句仍可看出金圣叹对自己"分解"唐诗的高度自信。读圣叹文字,最使人享受的就是他浑如天成的语言能力和坚持到底的执着精神。

评崔颢《黄鹤楼》①

昔人已乘黄鹤去，此地空余黄鹤楼。黄鹤一去不复返，白云千载空悠悠。

此即千载喧传②所云《黄鹤楼》诗也。有本③乃作"昔人已乘白云去"，大谬。不知此诗正以浩浩大笔，连写三"黄鹤"字为奇耳。且使昔人若乘白云，则此楼何故乃名"黄鹤"？此亦理之最浅显者。至于四之忽陪"白云"，正妙于有意无意，有谓无谓。若起手未写黄鹤，先已写一白云，则是黄鹤、白云，两两对峙。黄鹤固是楼名，白云出于何典耶？且白云既是昔人乘去，而至今尚见悠悠，世则岂有千载白云耶？不足当一噱④已。

作诗不多，乃能令太白公阁笔⑤，此真笔墨林中大丈夫也。颇见齷齪细儒⑥，终身拥鼻⑦，呦呦苦吟，到得盖棺之日，人与收拾部署⑧，亦得数百千万余言，然而曾不得一乡里小儿暂时寓目⑨，此为大可悲悼也。

通解细寻，他何曾是作诗？直是直上直下，放眼恣看。看见道理，却是如此，于是立起身，提笔濡墨，前向楼头白粉壁上，恣意大书一行。既已书毕，亦便自看，并不解其好之与否，单只觉得修已不须修，补已不须补，添已不可添，减已不可减，于是满心满意，即便留却去休。固实不料后来有人看见，已更不能跳出其笼罩也。且后人之不能跳出，亦只是修补添减俱用不着，于是便复袖手而去，非谓其有字法句法章法，都被占尽，遂更不能争夺也。

太白公⑩评此诗，亦只说是"眼前有景道不得，崔颢题诗在上头"。夫以黄鹤楼前，江矶⑪峻险，夏口⑫高危⑬，瞰临沔、汉，应接要冲，其为景状，何止尽于崔诗所云晴川芳草、日暮烟波而已。然而太白公乃更不肯又道，竟遂俯首相让而去。此非为景已道尽，更无可道；原来景正不可得尽，却是已更道不得也。盖太白公实为崔所题者，乃是律诗一篇，今日如欲更题，我务必要亦作律诗。然而公又自思：律之为律，从来必是未题诗，先命意；已命意，忙审格；已审格，忙又争发笔。至于景之为景，不过命意、审格、发笔以后，备员⑭在旁，静听使用而已。今我如欲命意，则崔命意既已卓矣；如欲审格，则崔审格既已定矣；再如欲争发笔，则崔发笔既已空前空后，不顾他人矣。我纵满眼好景，可撰数十百联，徒自呕尽心血，端向何处入手？所以不觉倒身着地，从实吐露曰："有景道不得。"有景道不得者，犹言眼前可惜无数好景，已是一字更入不得律诗来也。嗟乎！太白公如此虚心服善⑮，只为自己深晓律诗甘苦。若后世群公，即那管何人题过，不怕不立地又题八句矣。

一解看他妙于只得一句写楼，其外三句皆是写昔人。三句皆是写昔人，然则一心所想，只是想昔人；双眼所望，只是望昔人，其实曾更无闲心管到此楼、闲眼抹到此楼也。试想他满胸是何等心期⑯，通身是何等气概，几曾又有是非得失、荣辱兴丧等事，可以污其笔端？凡古人有一言、一行、一句、一字，足以独步一时，占踞千载者，须要信其莫不皆从读书养气中来。即如此一解诗，须要信其的的⑰读书。如一、二，便是他读得《庄子·天道》篇⑱，轮扁⑲告桓公⑳：古人之不可传者死矣，君之所读，乃古人之糟粕已夫。他便随手改削，用得恰好。三、四，便是他读得《史记·荆轲列传》易水一歌："风萧萧兮易水寒，壮士一去兮不复还。"他便随手倒转，又用得恰好也。至于以人人共读之书，而独是他偏有本事对景便用，又连自家亦竟不知，此则的的要信其是养气之力不诬也。

晴川历历汉阳树，芳草凄凄鹦鹉洲。日暮乡关何处是，烟波江上使人愁。

前解自写昔人，后解自写今人，并不曾写到楼。此解又妙于更不牵连上文，只一意凭高望远，别吐自家怀抱[21]，任凭后来读者自作如何会通，真为大家规摹[22]也。五、六只是翻跌"乡关何处是"五字，言此处历历是树，此处凄凄是洲，独有目断乡关，却是不知何处。他只于句上横安得"日暮"二字，便令前解四句二十八字，字字一齐摇动入来，此为绝奇之笔也。

【注释】

①此文为金圣叹评崔颢《黄鹤楼》，原无题，据诗题拟。崔颢，唐代诗人。唐玄宗开元十一年（723）进士，官至太仆寺丞，天宝中为司勋员外郎。《黄鹤楼》为崔颢名作，几有一骑绝尘之感。武汉大学王兆鹏教授等著《唐诗排行榜》（中华书局2011年版）一书，将该诗排在首位（排在前十位的依次还有：王维《送元二使安西》、王之涣《凉州词》、王之涣《登鹳雀楼》、杜甫《登岳阳楼》、柳宗元《登柳州城楼寄漳汀封连四州刺史》、孟浩然《临洞庭湖赠张丞相》、常建《题破山寺后禅院》、王勃《送杜少府之任蜀州》、李白《蜀道难》）。这虽是一家之言，但可以看出该诗影响之大。以计量分析法引入古代文学研究的意义及合理性，可参看张三夕、张世敏《古代文学研究中计量分析的应用与限度——由唐诗宋词排行榜引起的思考》（《社会科学》2013年第2期）。

② 喧传：哄传，盛传。指《黄鹤楼》诗名气极大，流传甚广。

③ 有本：有的版本，有些版本。

④ 不足当一噱（jué）：不值得一笑。噱，大笑。

⑤ 阁笔：同"搁笔"。

⑥ 龌龊细儒：这里指气量狭小、拘于小节的读书人。

⑦ 拥鼻：即"拥鼻吟"，指用雅音曼声吟咏。晋谢安有鼻疾，作洛生咏时，声音低沉而浓浊，时人喜爱，或用手掩鼻来仿效。语见《世说新语·雅量》刘孝标注引宋明帝《文章志》。

⑧ 部署：处理，料理。

⑨ 寓目：过目。

⑩ 太白公：即李白，字太白。

⑪ 矶（jī）：水边突出的岩石或江河当中的石滩。

⑫ 夏口：古地名，位于汉水下游入长江处，由于汉水自沔阳（今湖北仙桃）以下古称夏水，故名。三国吴置夏口督屯于江南，北筑城于黄鹄山上，与夏口隔江相对，称"夏口城"，即今武昌。

⑬ 高危：这里指夏口地理位置高且险。

⑭ 备员：凑数，充数。

⑮ 服善：佩服、顺从别人的长处。

⑯ 心期：心境，胸怀。

⑰ 的的（dí dí）：的的确确，实实在在。

⑱《庄子·天道》篇：该篇通过"轮扁斫轮"这个著名故事，说明理论结合实践、与时俱进、心手相应等道理。
⑲轮扁：春秋时齐国有名的造车工人。
⑳桓公：齐桓公，春秋五霸之首。
㉑怀抱：胸襟、抱负。
㉒规摹：同"规模"，指所具备的格局、气象等。

【赏读】

如果要问谁是中国古代最有名的诗人，相信多半人会回答：李白。可是没想到，竟有让李白都觉得"眼前有景道不得"的时候，因为"崔颢题诗在上头"。崔颢此诗，可谓是一招鲜吃遍天了。李白为何觉得"道不得"，因为他"深晓律诗甘苦"。正因为懂，所以才肯服。那种不管何人题过，上来就是八句的后世群公，遍地皆是也。读书养气，不仅可以养书卷气、文墨气，更可以养胆气，养敢于虚心服善的胆气。

附：

黄鹤楼

昔人已乘黄鹤去，此地空余黄鹤楼。
黄鹤一去不复返，白云千载空悠悠。
晴川历历汉阳树，芳草凄凄鹦鹉洲。
日暮乡关何处是，烟波江上使人愁。

评窦叔向《夏夜宿表兄宅话旧》①

> 夜合花开香满庭,夜深微雨醉初醒。远书珍重何曾达,旧事凄凉不可听。

先本醉,次始醒。醒而闻香,问之,知是"夜合"②。是时适下微雨,天亦将次欲明。看他写来,便真是好兄弟连床说话时也。三是窦问表兄,四是表兄语窦。"珍重"下,接"何曾"妙;"何曾"上,加"珍重"妙。此亦人人常有之事,偏能写得出来也。

> 去日儿童皆长大,昔年亲友半凋零。明朝又是孤舟别,愁见河桥酒幔青。

五、六是人人同有之事,是人人欲说之话,不叹他写得出来,叹他写来挑动"明朝③又别"四字,隐然④言他日再归,便是儿童亦已凋零,亲友并无半在也。可不谓之大哀也哉!

【注释】

①此文为金圣叹评窦叔向《夏夜宿表兄宅话旧》,原无

题,据诗题拟。窦叔向,字遗直。唐代宗大历初年,登进士第,以善作五言诗名于当时。著有文集七卷,今存诗九首。话旧,叙旧,谈论往事。

②夜合:即夜合花。常于夏季开绿白色球状小花,小巧玲珑,昼开夜闭,幽香清雅。

③明朝:明天。

④隐然:隐隐约约的样子。

【赏读】

天将欲明,人将欲别,此难舍之极也。既是表兄弟,又是旧知音,何日再得相逢连床夜话?此地一别,相见何日,吾不知也,是吾故悲怆至此也。

附:

夏夜宿表兄宅话旧

夜合花开香满庭,夜深微雨醉初醒。

远书珍重何曾达,旧事凄凉不可听。

去日儿童皆长大,昔年亲友半凋零。

明朝又是孤舟别,愁见河桥酒幔青。

评温庭筠《伤李处士》①

柳不成丝草带烟,海槎东去鹤归天。愁肠断处春何限,病眼开时月正圆。

柳只是依旧柳,草只是依旧草,今遽觉其满眼麻迷、不可分明者,只为心头一人,如槎②去海,似鹤归天,将谓百年竟成一旦故也。三、四妙于"春何限""月正圆",言偏是人情最恶之时,偏是天气绝妙之时也。

花若有情应怅望,水因无事莫潺湲。须知有恨消难得,辜负《南华》第二篇。

此五、六,看他句法无数变换。言花赖无情,故不"怅望"耳,设使有情,应亦大不自遣;水若无事,决不"潺湲"③矣,正为有事,遂至如此呜咽④。盖言伤处士者,不独一我也。《南华经》第二篇⑤,正指蝴蝶物化一段。言平日所悟道理,此时全用不着也。

【注释】

①此文为金圣叹评温庭筠《伤李处士》,原无题,据诗题拟。温庭筠,原名岐,字飞卿。温彦博裔孙。富有天才,然恃才不羁,生活放浪,又好讥刺权贵,多犯忌讳,屡举进士不第,长被乏抑,终生不得志。工诗,与李商隐齐名,时称"温李"。其词艺术成就在晚唐诸词人之上,为"花间派"首要词人,对词的发展影响较大。在词史上,温庭筠与韦庄齐名,并称"温韦"。相传温庭筠文思敏捷,每入试,押官韵,八叉手而成八韵,所以也有"温八叉"之称。伤,伤悼。处士,此诗又题作《李羽处士故里》,"李处士"当名"李羽",生平不详。处士,指未入仕途的读书人。

②槎(chá):木筏。

③潺湲(chán yuán):水流很慢的样子。

④呜咽:这里形容水声音凄切。

⑤《南华经》:又称《南华真经》,即《庄子》。因庄子被道教尊为"南华真人",故称。第二篇:即《齐物论》,全篇由五个相对独立的故事连珠并列组成,呈现出一种似连非连、若断若续、前后贯通、首尾呼应的精巧结构。下文"蝴蝶物化一段",即出于该篇,并为全篇之收束。

【赏读】

伤李处士者,盖功名尚未成,而处士已作古;处士既作古，则永为处士矣。故伤李处士者，不独我一人，乃天下求功名而未得之人所共伤也。全篇着眼点，都在"处士"二字。

附：

伤李处士

柳不成丝草带烟，海槎东去鹤归天。
愁肠断处春何限，病眼开时月正圆。
花若有情应怅望，水因无事莫潺湲。
须知有恨消难得，辜负《南华》第二篇。

评许浑《灞上逢元九处士东归》①

瘦马频嘶灞水寒,灞南高处望长安。何人更结王生袜,此客空弹贡禹冠。

马又瘦,水又寒,然则何苦日日骑此瘦马,临此寒水?元九曰:吾徒欲再望长安,故特地频来高处也。则吾不免抚掌大笑之,此岂误谓今日公卿,犹有如昔者张廷尉②之名臣耶?不然而浩浩长安,孰是王阳,乃向空弹冠③,意犹未已耶?"何人"妙,"此客"妙。"何人"乃攒眉细商④之辞,"此客"乃睨目失笑⑤之辞,便画出一面简傲⑥、满肚不然⑦也。

江上蟹螯沙漠漠,坞中蜗壳雪漫漫。旧交已尽新知少,去伴渔师把钓竿。

五、六妙妙。"江上蟹",双擎二螯,独霸一穴,此比如新进得官自豪;"坞中蜗",升高既疲,壳枯如雪,此比如古人零落都尽。然则今日为元九计,固惟有手把钓竿,速去为快,寒风灞上,尔胡为乎⑧还在哉!

【注释】

①此文为金圣叹评许浑《灞上逢元九处士东归》，原无题，据诗题拟。许浑，见《与家伯长文昌》注⑥。《灞上逢元九处士东归》，整个诗题看似只是平淡地描述，但事实上通过"灞桥""处士""东归"三个意象的强烈叠加，深刻地透露了元九到长安求功名不得而失意东归的落魄。灞上，在今陕西西安东，因在灞水西高原上得名，即白鹿原。灞上有桥，名曰"灞桥"，唐人出长安东归，一般都送至灞桥而别，因此，"灞桥"也就成了送别的代名词。元九，唐人习惯以某人在家族中的排行来称呼，元九即在家中排行第九。元稹因排行第九，亦称"元九"，但此诗中的"元九"是否指元稹，尚难遽定。元九处士，指元九尚未出仕做官。东归，出长安回到东边，多指回到东边的故乡。

②张廷尉：即张释之，字季。曾任廷尉，严于执法，以执法公正不阿闻名，时人称赞"张释之为廷尉，天下无冤民"，因此其人常作为典故见于古诗文。《史记》《汉书》均有传，《汉书》本传"释之结袜"的典故反映了张释之的气度与贤能："王生者，善为黄老言，处士。尝召居廷中，公卿尽会立，王生老人，曰'吾袜解'，顾谓释之：'为我结袜！'释之跪而结之。既已，人或让王生：'独奈何廷辱张廷尉如此？'王生曰：'吾老且贱，自度终亡益于张廷尉。廷尉方天下名臣，吾故聊使结袜，欲以重之。'诸公闻之，贤王

生而重释之。"这也是原诗"何人更结王生袜"句的出典。

③王阳、弹冠：语出《汉书·王吉传》："吉与贡禹为友。世称'王阳在位，贡公弹冠'，言其取舍同也。"弹冠相庆，原指某人做官，他的好友应能得到提携，因此互相庆贺。这也是原诗"此客空弹贡禹冠"句的出典。

④攒（cuán）眉细商：皱着眉头，苦苦思量。

⑤睨（nì）目失笑：斜着眼看，不禁发笑。

⑥简傲：高傲，傲慢。

⑦不然：不以为然。

⑧尔胡为乎：你为什么。

【赏读】

长安，是功名利禄的代名词。求功名而不得，失意东归。全篇把对仕途、对人生深刻的反思都写出来了，反复品味，只是想哭。

金圣叹开出的药方是"手把钓竿，速去为快"，可是有多少人，手把钓竿，还在等着文王求贤哩！

附：

灞上逢元九处士东归

瘦马频嘶灞水寒，灞南高处望长安。
何人更结王生袜，此客空弹贡禹冠。
江上蟹螯沙漠漠，坞中蜗壳雪漫漫。
旧交已尽新知少，去伴渔师把钓竿。

评赵嘏《长安晚秋》①

云物凄清拂曙流,汉家宫阙动高秋。残星几点雁横塞,长笛一声人倚楼。

一望云物②,二望宫阙,三望横雁,四劈面便以自己倚楼③接之。一望云物者,写是何时候也;二望宫阙者,写成何进退也;三望横雁者,写有何书信宣示④家人也;四劈面便以自己倚楼接之者,言时候则已如此,进退则方如彼,书信则殊无可宣示我家人也。

紫艳半开篱菊静,红衣落尽渚莲愁。鲈鱼正美不归去,空戴南冠学楚囚。

后解则倚楼之人之所暗筹⑤也。五写紫菊半开,六写红莲落尽,正双逼出七之"鲈鱼正美"⑥四字,言只宜趁此力疾⑦归去也。

通篇苦在一"空"字可知。

【注释】

①此文是金圣叹评赵嘏《长安晚秋》,原无题,据诗题

拟。赵嘏（约806~约853），字承祐，唐代诗人。会昌四年（844）进士及第，一年后东归。会昌末或大中初复往长安，入仕为渭南尉，卒于任。

②云物：景物，景色。

③倚楼：倚靠在楼窗或楼头栏杆上。原诗有"残星几点雁横塞，长笛一声人倚楼"两句，杜牧称赏，因此呼赵嘏为"赵倚楼"。

④宣示：显示，展示。

⑤暗筹：暗地筹划。

⑥鲈鱼正美：语出《世说新语·识鉴》："张季鹰辟齐王东曹掾，在洛，见秋风起，因思吴中菰菜羹、鲈鱼脍，曰：'人生贵得适意尔，何能羁宦数千里以要名爵？'遂命驾便归。"后因以"鲈鱼"为思乡赋归之典。

⑦力疾：动作有力而迅速。

【赏读】

游子在帝都，进，无以求功名；退，无以对亲友。进退两难，手足无措。人们往往一心热衷于追求虚无缥缈的名利，而把原本属于自己的宝贵财富都看轻了，待到功名无望，回头来看，才发现原有之物，亦不知何处去了。

附：

长安晚秋

云物凄清拂曙流，汉家宫阙动高秋。

残星几点雁横塞,长笛一声人倚楼。
紫艳半开篱菊静,红衣落尽渚莲愁。
鲈鱼正美不归去,空戴南冠学楚囚。

评赵嘏《忆山阳》①

家在枚皋旧宅边，竹轩晴与楚陂连。芰荷香绕垂鞭袖，杨柳风横弄笛船。

忽然倒跨晋魏，寻一汉人为邻②，便是举体不凡。乃我又相③其当门④便是竹轩，前与楚陂⑤连接，四围⑥水竹相遭⑦，一片空碧互映。人生有宅如此，真乃一尉是何敝屣⑧，顾⑨能缚人不使之归也？三、四又极写轩前陂下无限行乐，须知垂鞭则在柳风之下，横船乃在荷香之中。此又故作错综互写，以尽曲其清胜者也。

城碍十洲烟岛路，寺临千顷夕阳川。可怜时节堪归去，花落猿啼又一年。

乃今以区区一尉，羁身渭南，遥望故乡，如隔登仙之路；来看渡口，又限无梁⑩之川。"城碍"妙，"寺临"妙。城即渭南之城，寺即渭南城外送客下川之寺也。不得归又一年，看他用"花落猿啼"代春尽肠断，读者皆不觉也。

【注释】

①此文为金圣叹评赵嘏《忆山阳》，原无题，据诗题拟。山阳，在今江苏淮安，即诗人赵嘏的家乡。此时，赵嘏身为渭南尉，不过是一个县尉，离家万里，辞官又觉得可惜，想家又不能回，最后卒于任上。

②"忽然"二句：指原诗首句"家在枚皋旧宅边"。赵嘏是唐人，上溯到汉，须"倒跨"隋、晋、魏等朝。汉人，此指枚皋。枚皋，字少孺，汉赋大家枚乘庶子，西汉著名辞赋家。

③相（xiàng）：观察，判断。

④当（dāng）门：对着门。

⑤楚陂（bēi）：南边的池塘。陂，有山坡之意，但根据下文"四围水竹相遭"，此处当作池塘。楚，因楚国在中原之南，故楚有泛指南方、南边之意。

⑥四围：四周。

⑦相遭：相近。

⑧敝屣（bì xǐ）：原指破旧的鞋，比喻没有价值的东西。

⑨顾：反而。

⑩梁：桥。

【赏读】

为了区区一个县尉，放弃故园良宅，羁旅在外，到底值不值？古往今来，县尉多如牛毛，而这样的旧宅有几？赵嘏思故园，但又不舍得区区功名，鱼和熊掌想要兼得，最后他的功名也就止于渭南县尉，而白白辜负了故园，我为赵嘏不值也。

附：

忆山阳

家在枚皋旧宅边，竹轩晴与楚陂连。
芰荷香绕垂鞭袖，杨柳风横弄笛船。
城碍十洲烟岛路，寺临千顷夕阳川。
可怜时节堪归去，花落猿鸣又一年。

评薛逢《长安夜雨》①

滞雨通宵又彻明,百忧如草雨中生。心关桂玉天难晓,运落风波梦亦惊。

写滞雨②既云"通宵",再云"又彻明③"者,"通宵"是从初更④以至五更,"又彻明"是从五更以至天明。此自是窗中一人,从初更至五更,从五更至天明,求睡更不得睡,因而写雨,遂不自觉亦便成二句也。"如草雨中生"五字,写忧已最确。然写此夜忧,又最确。三、四承之,言忧之绪甚多,至于更不得睡;忧之来甚重,至于才睡又即醒也。

压树早鸦飞不散,到窗寒鼓湿无声。当年志气俱销尽,白发新添四五茎。

"鸦飞不散"写出"压树"二字,"鼓湿无声"写出"到窗"二字,妙妙。便画尽一片昏沉,无数钝置⑤,梦生醉死,抬头不起,异样荒忽⑥神理。更不必说志气销尽⑦,而先已了无生气⑧已。

【注释】

①此文为金圣叹评薛逢《长安夜雨》,原无题,据诗题拟。薛逢,字陶臣,唐代诗人。唐武宗会昌进士。历侍御史、尚书郎。因恃才傲物,议论激切,屡忤权贵,故仕途颇不得意。《旧唐书》《新唐书》均有传。

②滞雨:久雨不止。

③彻明:一直到天亮。

④初更:古人把一夜分为五个时辰,夜里的每个时辰被称为"更",一夜即为五个"更"。初更,即第一更,相当于现在的晚上七时至九时。五更,也就是最后一更,相当于现在的凌晨三时至五时。

⑤钝置:也作"钝致"。折磨,折腾。

⑥荒忽:虚妄,荒诞。

⑦销尽:也作"消尽",用尽无余。

⑧生气:生机。

【赏读】

夜雨最是难熬。何也?既知夜雨,必然无眠,否则何以知之?夜雨而无眠,思绪难免万千。长安夜雨非比别处夜雨,夜雨淋湿的是追名逐利的心。

少年听夜雨,是浪漫,是潇洒,是对前路无限的遐想;老年听夜雨,是孤寂,是清冷,是对来路无限的追思；中年听夜雨，来路已远，前路未知，唯有焦躁，唯有烦闷，唯有心有余而力不足的无奈。

附：

长安夜雨

滞雨通宵又彻明，百忧如草雨中生。

心关桂玉天难晓，运落风波梦亦惊。

压树早鸦飞不散，到窗寒鼓湿无声。

当年志气俱销尽，白发新添四五茎。

评李频《鄂州头陀寺上方》①

高寺上方无不见,天涯行客思迢迢。西江帆挂东风急,夏口城衔楚塞遥。

一解非写高寺上方,正写天涯行客也。言既身为行客,即何日不在西江帆下、夏口城边?徒以一身落在其中,竟不自知可笑。今日忽然登此高寺,望见他人疾驱②如此,前去渺然,真不知其着何来由,甘心梦梦③若此④。于是而惭愧忏悔,在佛菩萨座前,不觉一时并发也。

沙渚渔归多湿网,桑林蚕后尽空条。感时叹物寻僧话,惟向禅心得寂寥。

五、六言渔归则网湿,喻事苦身劳;蚕尽则桑空,喻功成身殁。夫事方苦,则身敢辞劳;然功一成,即身已先殁。人生世上,幼学壮行⑤,及至到头,大抵如斯矣。仔细筹量⑥,惟有大雄门下⑦,寂寂寥寥,前亦无劳,后亦不殁。然则我今舍此,其又安去也耶?

【注释】

①此文为金圣叹评李频《鄂州头陀寺上方》，原无题，据诗题拟。李频，字德新，唐代诗人。幼读诗书，博览强记，领悟颇多。著有《梨岳集》一卷，附录一卷。鄂州，今湖北武昌，州治在江夏（今武汉武昌区），鄂州在中国文化史上有着独特的意义，就唐宋文学史而言，李白、元结、杜牧、苏轼、黄庭坚、陆游等人均曾在鄂州留下足迹，写下歌咏鄂州的动人篇章，为鄂州铸就了深厚的历史文化底蕴。头陀，亦作"头陁"，梵文音译，意为"抖擞"，即去掉尘垢烦恼，因此用以称僧人，有时专指行脚乞食的僧人。上方，住持僧居住的内室，亦借指佛寺。

②疾驱：驾着车马急速行进。比喻俗世之人急于追名逐利。

③梦梦：昏乱，不明。

④若此：如此，像这样子。

⑤幼学壮行：意谓幼时勤于学习，壮年施展抱负。语出《孟子·梁惠王二》："夫人幼而学之，壮而欲行之。"

⑥筹量：筹划，思量。

⑦大雄门下：即佛门。大雄，佛教徒对佛祖释迦牟尼的尊称。大者，包含万有；雄者，摄伏群魔。

【赏读】

人生在世,到底所为何事,这是古今中外永恒的话题。红尘滚滚,俗世固然纷繁复杂,到处明枪暗箭,算不到是非成败转头空;然而,独坐空山,长伴青灯黄卷,与世无争,又岂是易事?

附:

鄂州头陀寺上方

高寺上方无不见,天涯行客思迢迢。

西江帆挂东风急,夏口城衔楚塞遥。

沙渚渔归多湿网,桑林蚕后尽空条。

感时叹物寻僧话,惟向禅心得寂寥。

评皮日休《西塞山泊渔家》①

白纶巾下发如丝,静倚枫根坐钓矶。中妇桑村挑叶去,小儿沙市买蓑归。

写此渔人白发如丝,则是静坐钓矶,殆已终身也,特未悉其生计如何耳。乃闻挑叶桑村,中宵②机杼③,买蓑沙市④,暑雨力田⑤,则是男耕女织,又堪终岁⑥也。人生但得如斯⑦,便是羲皇⑧以上。我殊不解长安道上策蹇⑨疾驱者,彼方何为⑩也。

雨来菰菜流船滑,春后鲈鱼坠钓肥。西塞山前终日客,隔波相羡尽依依。

若更就其"终日"论之,则又有雨余菰菜,春后鲈鱼,一日既然,无日不尔。山前过客,隔波劳羡,于是终日依依,欲托暂宿。不知今日虽终,明日仍别,虽复依依,竟成何益哉。

【注释】

①此文为金圣叹评皮日休《西塞山泊渔家》,原无题,

据诗题拟。皮日休,字袭美,一字逸少,曾居鹿门山,自号鹿门子,晚唐诗人。咸通八年(867)进士及第,历任苏州军事判官、著作佐郎、太常博士、毗陵副使,后参加黄巢起义,不知所终。皮日休与陆龟蒙齐名,世称"皮陆"。其诗文兼有奇朴二态,且多为同情民间疾苦之作,被鲁迅赞誉为唐末"一塌糊涂的泥塘里的光彩和锋芒"。《新唐书·艺文志》录有《皮日休集》《皮子》《皮氏鹿门家钞》多部。西塞山,著名的西塞山有两处:一处在湖北黄石,一处在浙江湖州,前者即大诗人刘禹锡《西塞山怀古》之西塞山,但皮日休《西塞山泊渔家》的西塞山究竟指的是哪一处,难以明断,但根据原诗,湖州西塞山的可能性更大。原诗颈联"雨来莼菜流船滑,春后鲈鱼坠钓肥"中的"莼菜""鲈鱼"系用张翰思乡典故,张翰是吴人,"莼菜""鲈鱼"也是吴地名肴,湖州地属三吴,与颈联所写更为切合。

②中宵:中夜,半夜。

③机杼(zhù):织布机。这里指织布。

④沙市:沙滩边或沙洲上的市集。

⑤暑雨力田:日晒雨淋的情况下努力耕田。

⑥又堪终岁:又能过一年。堪,能,可以。终岁,过完一年。

⑦但得如斯:只要可以这样。但,只要。如斯,如此,像这样。

⑧羲皇:即伏羲,古代传说中的三皇之一。相传其始画

八卦,创造文字,教会人们渔猎之法。

⑨策蹇(jiǎn):即策蹇驴,赶着行动缓慢的驴。此指速度很慢。

⑩何为:为何。

【赏读】

人生最苦,在不知足;不知足,则生出许多是非来。诗人笔下渔家,一派知足常乐之象,便是羲皇也比不上,长安道上客更是望尘莫及。

附:

西塞山泊渔家

白纶巾下发如丝,静倚枫根坐钓矶。
中妇桑村挑叶去,小儿沙市买菱归。
雨来蒓菜流船滑,春后鲈鱼坠钓肥。
西塞山前终日客,隔波相羡尽依依。

评陆龟蒙《寒夜同袭美访北禅院寂上人》[①]

> 月楼风殿静沉沉,披拂霜华访道林。鸟在寒枝栖影动,人依古堞坐禅深。

"月楼"者,月色在楼;"风殿"者,风声满殿。只四字,便已双写二子之更不能不访,与上人之更不图有访。真是寒夜一段胜情逸事,忽然对景冲口,不觉直吐出来,乃更不劳笔墨点缀者也。三、四平写鸟动人定,妙妙。固是寒夜月下风中自然现景,然而真正坐禅[②]密门,乃更不出于此。必有如此境界,方不虚访人;必有如此境界,方不虚人访矣。

> 明时尚阻青云步,半夜犹追白雪吟。自是海边鸥伴侣,不劳金偈更降心。

五、六即上人金偈[③]所欲相降之心也,因特自明:如此明时,青云如弃,时将半夜,白雪犹寻。然则其心泊然[④],初无所住;因无所住,而生现心。[⑤]此为与金偈相应不相应,而犹烦老和尚气嘘嘘地[⑥]耶?

【注释】

①此文为金圣叹评陆龟蒙《寒夜同袭美访北禅院寂上人》,原无题,据诗题拟。陆龟蒙,字鲁望,号天随子、江湖散人、甫里先生,晚唐文学家、农学家。举进士不第。曾为湖、苏二州从事,后隐居松江甫里,经营茶园。善诗文,与皮日休齐名,世称"皮陆"。所作小品文,颇多愤世嫉俗之语。著有《甫里集》。袭美,皮日休字。禅院,佛教寺院的一种。寂上人,法名中有"寂"的高僧,陆龟蒙、皮日休有多首诗写到访"寂上人",可见"寂上人"当是二人的好友。上人,对持戒严格、精于佛学的僧人的尊称。北禅院,当系寂上人住持之处。

②坐禅:佛教语。梵语音译为"禅那",简称"禅"。此处指跏坐而修禅,是佛教修持的主要方法之一。

③金偈(jì):佛或高僧所说的韵语。金,即金人,相传佛教东传源于汉明帝夜梦金人,太史言金人为西方圣人,也就是佛。偈,即偈语,佛经中的唱词多为四句组成,兼具文学的形式与内容。

④泊然:恬淡无欲的样子。

⑤"因无"二句:语出《金刚经》:"应无所住,而生其心。"住,指人对世俗、对物质的妄想;心,指离开了事物的自然状态。

⑥气嘘嘘地:大声喘气,形容说话急促。

【赏读】

寒夜，万籁无声之时也；禅院，清寒孤寂之地也。于万籁无声之时、清寒孤迹之地，最能卸下面具，拷问真我。访寂上人者，非真访寂上人也，所访者，不过人性之真面目耳。

附：

寒夜同袭美访北禅院寂上人

月楼风殿静沉沉，披拂霜华访道林。
鸟在寒枝栖影动，人依古堞坐禅深。
明时尚阻青云步，半夜犹追白雪吟。
自是海边鸥伴侣，不劳金偈更降心。

评李洞《毙驴》[①]

寒驴秋毙瘗荒田,忍把敲吟旧竹鞭。三尺桐轻背残月,一条藤瘦卓寒烟。

某尝言:人生难得是相知,而难而尤难更是相守。此言岂不韪[②]哉!如妻妾与友生[③],以知我而守我,此请不复具论[④]。世则别有未必知我而终守我,此真使我无可奈何之至者也。如长须苍头,如缺齿青衣[⑤],如下泽病马,如篱落瘦犬,彼于主人,则岂解其眼光乃看何处,心头乃抱何事者?而相随以来,无理不共,饥寒迫蹙[⑥],永无间然。一信十年廿年,直于我乎归老,纵复严被驱遣,亦别无路可去。嗟乎!嗟乎!身为窭人[⑦],自不能救,余粒曾几,感此相依,惭愧固不待言,恩义如何可报?今日忽然读到此诗,真是一片至情至理,更无论太上、其次。总是欲不如是,而有不得,切勿谓高人之多事也。

一解只写得一"忍"字。"忍"之为言,"不忍"也。言我一鞭、一桐、一藤,当时与此一驴,乃至并一李先生⑧，是真所谓五一合为一副者也。今日不幸，一既毙而埋矣，而如之何其一犹"把"，其一犹"背"，其一犹"卓"？是可忍，孰不可忍者乎！一"忍"字，便领尽三句。此亦暗用黄公酒垆不能重过⑨，西州路门恸哭叩扉⑩故事也。

　　通吴白浪宽围国，倚蜀青山峭到天。如画海门撦肘望，阿谁教买钓鱼船。

想到游吴，想到游蜀，想到游海门。言从今一总不复更往，纵或兴会偶及，亦只撦肘⑪一望即休。昨日有人教买钓船，粗毕余年，想能不负此心也。一毙驴，写来便如先主既失诸葛⑫相似，奇绝！

【注释】

①此文为金圣叹评李洞《毙驴》，原无题，据诗题拟。李洞，字才江，唐宗室。慕贾岛为诗，铸其像，事之如神。时人但诮其僻涩，而不能贵其奇峭，唯吴融称之。昭宗时不第，游蜀，卒。今存其诗一百七十余首，其涉蜀地者约三十首，可见游蜀对于其人生及诗作之重要意义。

②韪（wěi）：是，对。

③友生：朋友，也用作师长对门生自称的谦辞。此处当兼有二者之意。

④具论：详细讨论。

⑤长须苍头,缺齿青衣:此处当为互文,即年老和年幼的奴仆。苍头、青衣,皆指奴仆。长须,指年老;缺齿,指年幼。

⑥迫蹙(cù):逼迫,压迫。

⑦窭(jù)人:此处当指穷苦贫困之人。

⑧李先生:即李洞。

⑨黄公酒垆不能重过:语出《世说新语·伤逝》:"王浚冲为尚书令,着公服,乘轺车,经黄公酒垆下过。顾谓后车客:'今日视此虽近,邈若山河。'"王浚冲,即竹林七贤之一的王戎,发迹之前常与好友嵇康、阮籍等畅饮于黄公酒垆,后来嵇康、阮籍俱亡,而王戎贵为尚书令,政务缠身,哪里还能像以前那样畅饮呢?因此,他不由得感叹道:"黄公酒垆虽然就在我面前,但就像遥不可及的山河一样。"垆,旧时酒店安放酒瓮的土台子,此借指酒店。

⑩西州路门恸哭叩扉:语出《晋书·谢安传》:"羊昙者,太山人,知名士也,为安所爱重。安薨后,辍乐弥年,行不由西州路。尝因石头大醉,扶路唱乐,不觉至州门。左右白曰:'此西州门。'昙悲感不已,以马策扣扉,诵曹子建诗曰:'生存华屋处,零落归山丘。'恸哭而去。"

⑪搘(zhī)肘:手臂弯曲,以上臂与前臂连接处支撑。搘,同"支",支撑。

⑫先主既失诸葛:先主,指刘备;诸葛,即诸葛亮。诸葛亮之卒在刘备之后,因此,"失"只能作"失去""没有"

解,不能作"刘备在诸葛亮死后"解。

【赏读】

人生难得是相知,人生更难得的是相知还相守。人生得一人相知相守已难,得一苍头、青衣、病马、瘦犬相知相守则尤难。

相知相守,无国界之别,无人畜之分。尝有忠犬八公之事,拍成电影,海内传布已久。此忠犬八公颇与诗人之蹇驴遥遥相对。

文末将诗人失蹇驴,比作先主失诸葛,则其悲痛与绝望之情,尽在不言中矣。

附:

毙驴

蹇驴秋毙瘗荒田,忍把敲吟旧竹鞭。
三尺桐轻背残月,一条藤瘦卓寒烟。
通吴白浪宽围国,倚蜀青山峭到天。
如画海门揩肘望,阿谁教买钓鱼船。

评吴融《废宅》[①]

> 风飘碧瓦雨摧垣,却有邻人为锁门。几树好花闲白昼,满庭芳草易黄昏。

飘瓦摧垣[②]不苦,有人锁门真苦。盖一篇荒芜败落,凡是眼前恒睹,却因邻人一锁,斗地念着此门当时车马阗隘[③],呵殿[④]出入,彼锁门人何处有其立地?不图[⑤]今日管钥独把[⑥],开闭从心[⑦],真是一场痛哭也。三、四"好花""芳草",即此邻人之所锁也。"闲白昼"易解,"易黄昏"难解。亦是一时眼头心底,亲见有此也。

> 放鱼池涸蛙争聚,栖燕梁空雀自喧。何独凄凉眼前事,咸阳久已变寒原。

蛙聚雀喧,只是极写凄凉,何足又道?特地写者,"放鱼池""栖燕梁",有此六字,便直想到春日濠梁,客皆庄、惠[⑧];郁金堂里,人是莫愁[⑨]。何意今日,一至于此!更妙于末句并及咸阳[⑩],所谓劫火终讫,乾坤洞然。虽复以四大海水为眼泪,已不能尽哭,于废宅乎又何言哉!

【注释】

①此文为金圣叹评吴融《废宅》,原无题,据诗题拟。吴融,字子华,生当唐末,仕途几经起落,卒于翰林承旨任上,其诗颇具忧郁、哀愁之风。

②垣(yuán):墙。

③阗(tián)溢:充满,填塞。

④呵(hē)殿:古代官员出行,前后有仪卫吆喝,在前称"呵",在后称"殿",喝令行人让道。

⑤不图:不意,没想到。

⑥管钥独把:指独自掌控钥匙。管钥,钥匙。

⑦开闭从心:打开和关闭都可但凭己意。

⑧春日濠梁,客皆庄、惠:即指庄子、惠子有关"鱼之乐"的著名辩论。事见《庄子·秋水》:"庄子与惠子游于濠梁之上。庄子曰:'鲦鱼出游从容,是鱼之乐也。'惠子曰:'子非鱼,安知鱼之乐?'庄子曰:'子非我,安知我不知鱼之乐?'惠子曰:'我非子,固不知子矣,子固非鱼也,子之不知鱼之乐,全矣。'庄子曰:'请循其本。子曰"汝安知鱼乐"云者,既已知吾知之而问我,我知之濠上也。'"濠梁,濠水上的桥。濠,即濠水,河名,在今安徽凤阳。

⑨郁金堂里,人是莫愁:语出梁武帝萧衍《河中之水歌》:"河中之水向东流,洛阳女儿名莫愁。莫愁十三能织绮,十四采桑南陌头。十五嫁为卢家妇,十六生儿字阿侯。

卢家兰室桂为梁,中有郁金苏合香。头上金钗十二行,足下丝履五文章。珊瑚挂镜烂生光,平头奴子提履箱。人生富贵何所望,恨不嫁与东家王。"后因以"郁金堂"或"郁金屋"美称女子芳香高雅的居室。

⑩末句并及咸阳:指"咸阳一火便成原",即西楚霸王项羽火烧阿房宫之事。意思是说,就连秦始皇的阿房宫都烧成灰烬了,眼前这座废宅又算得上什么呢?

【赏读】

极盛一时,而一旦衰亡,颇有一种"落了片白茫茫大地真干净"之感。此种感觉,当然不是清净,而是凄冷,甚至是一种刺骨之寒。然而,从历史的角度看,天地曾不能以一瞬,一时一地之兴衰又何足挂齿?

原诗末句写到"咸阳一火",可看作诗人之超脱,而圣叹忽又"以四大海水为眼泪,已不能尽哭",似自多情耳,一笑。

附:

废宅

风飘碧瓦雨摧垣,却有邻人为锁门。
几树好花闲白昼,满庭芳草易黄昏。
放鱼池涸蛙争聚,栖燕梁空雀自喧。
何独凄凉眼前事,咸阳久已变寒原。

评韦庄《鄜州留别张员外》①

江南相送君山下,塞北相逢朔漠中。三楚故人皆是梦,十年往事只如风。

忽然相送,乃在君山②之下;忽然相逢,乃在朔漠③之中。忽然同在极南④,忽然同在极北⑤,有何公事勾当⑥,如此两头驰驱?可笑也。

"三楚⑦故人",岂止我尔两人?"十年往事",岂止离合二事?余子⑧杳无消息,半生落得干忙,今日从头细思,直是一场憸儸⑨,可哭也。

莫言身世他时异,且喜琴樽数日同。惆怅只愁明日别,马嘶山店雨蒙蒙。

承前解,言既是故人如梦,往事如风,然则我尔两人再会于此,便是秉烛再照,以此为实。只愁今夜会,明日别,实是一场悲痛;至于身如何,世如何,且只听之大化⑩也。

【注释】

①此文为金圣叹评韦庄《鄜州留别张员外》，原无题，据诗题改。韦庄，字端己，唐昭宗乾宁元年（894）中进士时已年近六十，曾任校书郎等职，后入蜀。韦庄身当唐末，亲身经历动乱，目睹唐王朝覆灭，故其诗多以伤时、感旧、离情、怀古为主题。又长于词，与温庭筠齐名，并称"温韦"，同为"花间派"代表作家。有《浣花集》十卷。鄜（fū）州，今陕西富县。留别，作诗文送别友人。张员外，名不详，俟考。

②君山：在洞庭湖中，与岳阳楼相对，原名洞庭山、湘山。屈原在《九歌》中称舜与他的两个妃子娥皇、女英为湘君和湘夫人，而相传娥皇、女英安葬于此，故后人将此山改名为"君山"。

③朔漠：原指北方沙漠地区，一般也泛指寒冷的北方。

④极南：原指很远的南方，此处指君山，或泛指南方。

⑤极北：原指很远的北方，此处指朔漠，或泛指北方。

⑥勾当：事情。

⑦三楚：秦汉时期把此前的楚国疆域分为南楚、西楚、东楚，南楚治江陵（今湖北荆州），西楚治彭城（今江苏徐州），东楚治吴（今江苏苏州）。

⑧余子：其他朋友。子，对朋友的尊称。

⑨懡㦬（mǒ luǒ）：惭愧，羞愧。

⑩听之大化：任凭造化。听之，任凭。大化，人生的重

要变化，一般带有不可逆转之意，具有佛教意味。

【赏读】

忽然相送，忽然相逢；忽然极南，忽然极北；今夜会，明日别。人生无常之感在几组对照中速写而成。悲伤很浓，颇有一种窒息之感。何以言之？留别诗常以相逢为期，不料此诗却已有相逢。既已相逢，则应狂饮高歌，以叙离别之情，何悲之有？其悲不在相逢，而在相别；不在相别，而在明日别；不在明日别，而在相逢何日；不在相逢何日，而在唯恐相逢无日也。

附：

鄜州留别张员外

江南相送君山下，塞北相逢朔漠中。
三楚故人皆是梦，十年往事只如风。
莫言身世他时异，且喜琴樽数日同。
惆怅只愁明日别，马嘶山店雨蒙蒙。

卷二 唱经堂杜诗解

吾闻温柔敦厚，深于诗者也；
清新俊逸，于诗且无与。

春日怀李白①

先生②之爱李侯③,乃至论文④不敢一毫假借,但未脱身时,或得细论;既脱身后,遂不得细论:此所以思之不置也。

> 白也诗无敌,飘然思不群。清新庾开府,俊逸鲍参军。

岂谓李侯诗又"无敌",思⑤又"不群"⑥耶?如是即岂复成语?盖是一纵一擒言之:言白也,人称其诗遂无敌,我谓其思则不群有之耳。下紧接"清新""俊逸"四字,皆是"思不群"边字。吾闻温柔敦厚⑦,深于诗者⑧也;清新俊逸⑨,于诗曰无与⑩。此非文人相轻⑪,实是前辈定论,不似后人一片犬吠⑫也。

"白也"⑬对"飘然",妙绝,只如戏笔。"白也"字出《檀弓》。

> 渭北春天树,江东日暮云。何时一尊酒,重与细论文。

春树、暮云,写尽缱绻⑭。看先生"细"字、

"重"字,信知作文不易。夫文岂"飘然不群"四字之所得了哉?今观李侯全集,纯是飘然不群,其余更无所有。

此诗不独当时针砭⑮李侯,亦且嘉惠后贤多少。

【注释】

①此文为金圣叹评杜甫《春日怀李白》,原无题,据诗题拟。此卷皆评杜诗,故拟题时,不再加"评""杜甫"字样。杜甫,字子美,自号少陵野老,后世称其"杜少陵"。杜甫是现实主义诗人的代表人物,被后人称为"诗圣",其诗被称为"诗史"。现存杜诗约一千五百首,后世研究者及成果甚众,金圣叹《唱经堂杜诗解》是其中别具一格的一种。该书精选杜诗一百六十余首进行详尽评点,评点文字无论在观点上,还是美感上,都达到了相当高的文学水平。

②先生:指杜甫。金圣叹评点唐诗时,常以"先生"称呼所评诗篇的作者。

③李侯:此处当指李白,但李白似不曾封侯,可能因为不少记载认为李白系李唐宗室,故有此称。

④论文:讨论文学,就李杜的文学成就而言,当主要指讨论诗歌。

⑤思:才思。

⑥不群:卓然独立,与众不同。

⑦温柔敦厚:儒家的传统诗教,引申为为人处世。既是

艺术原则,也是伦理原则。语出《礼记·经解》:"温柔敦厚,《诗》教也。"

⑧深于诗者:与诗紧密相关。

⑨清新俊逸:清美新颖,不落俗套。原是杜甫用于概括李白的诗风,认为其诗兼有庾信、鲍照之长。

⑩无与:无关。

⑪文人相轻:指文人之间互相轻视、鄙薄。语出曹丕《典论·论文》:"文人相轻,自古而然。"

⑫犬吠:此处当指不得要领的评论。

⑬白也:出自《礼记·檀弓》:"子上之母死而不丧。门人问诸子思曰:'昔者子之先君子丧出母乎?'曰:'然。''子之不使白也丧之,何也?'子思曰:'昔者吾先君子无所失道。道隆则从而隆,道污则从而污,伋则安能?为伋也妻者,是为白也母;不为伋也妻者,是不为白也母。'故孔氏之不丧出母,自子思始也。"子思,即孔伋,字子思,孔子之孙。子上,即孔白,字子上,孔伋之子,孔子之曾孙。杜诗首句"白也诗无敌,飘然思不群",巧妙地借用《礼记·檀弓》中的"白也",作为对李白的称呼,又与"飘然"形成对偶,可谓一语双关,绝妙。

⑭缱绻:形容情意缠绵,难舍难分。

⑮针砭:原指古代治病刺穴的石针,后比喻发现或指出错误,劝人改正。

【赏读】

李白、杜甫同为唐代最伟大的两位诗人，同时也是整个中国诗歌史上最伟大的两位诗人。历史曾使两位大诗人巧遇，留下了一段千古佳话。不过，虽然同为大诗人，李、杜的诗风却迥然不同，有人分别称之为浪漫主义和现实主义，而以现实主义诗风著称的杜甫却写过不少表达赞美、称羡以浪漫主义诗风著称的李白，这很耐人寻味，同时也为中国诗歌史增添了不少审美趣味。

附：

春日怀李白

白也诗无敌，飘然思不群。
清新庾开府，俊逸鲍参军。
渭北春天树，江东日暮云。
何时一尊酒，重与细论文。

赠高式颜①

此诗只用"老夫"二字翻覆成篇。前解忽然说是老夫,后解忽然又说未是老夫。老夫狂态,从纸上跳脱而出也。

> 昔别是何处,相逢皆老夫。故人还寂寞,削迹共艰虞。

看他直是忽然请一"老夫",陪自家"老夫",何曾特为高式颜赠。不问别②是何年,却问别是何处,则要追算得何处出来,便见两人本非老夫。如何无端一别,相逢遂遽③如此,刺眼骇心④,真怪事也。正相逢时,两人气色寂寞不寂寞,原入眼便睹。只为头鬓可骇,便不及问穷⑤,且先问老。又,此诗通篇,原以"老夫"字为章法,如"寂寞"二句,只补叙也。"皆"字妙,"共"字妙:老又皆老,穷又共穷,不能不想当时并少年、同高兴是何处也。

> 自失论文友,空知卖酒垆。平生飞动意,见尔不能无。

后解忽更自思。自高别后,直至顷未逢已前,我亦真既老矣。酒垆如故,邈若山河⑥,设不因老,胡一至是?此二句便将"老夫"二字,自己招承⑦明白。下忽通身翻跌云:乃今日逢尔,却不知何故直与昔日接连,重新飞动⑧。然则谁说我两人"老夫",岂有老夫如此飞动哉!

道树⑨云:富贵是我本无,固不望其到我;少年是我本有,奈何亦见夺耶?多哭老,略哭穷,先生⑩别样血泪也。

【注释】

①此文为金圣叹评杜甫《赠高式颜》,原无题,据诗题拟。高式颜,高适族侄,生平未详。高适有《宋中送族侄式颜》诗云:"惜君才未遇,爱君才若此。世上五百年,吾家一千里。"据杜甫、高适诗之意,高式颜颇有文才,然仕途不遇,与杜甫交厚。在高适笔下,高式颜是一位五百年一出的优秀人才,称之为"千里驹"。千里驹,夸赞自家子侄之词,如曹操曾称其族侄曹休为千里驹,事见《三国志·魏书·曹休传》。

②别:分别,相别。

③遽(jù):快速,匆忙。

④刺眼骇心:使眼睛受到刺激,使内心受到震惊。

⑤穷:此处当指仕途不得志。

⑥"酒垆"二句:语自《世说新语·伤逝》,见前《评李洞〈毙驴〉》注⑨。

⑦招承：招供，承认。
⑧飞动：此处当指振奋精神，再图进取。
⑨道树：即金圣叹挚友王道树。
⑩先生：指杜甫。

【赏读】

老友重逢，是人生颇为难得、也颇为感人的际遇。

既是老友，又是重逢，多半都已是"老夫"。"老夫"相逢，则多半感时怀旧，而杜诗笔下的"老夫"相逢，竟都不曾忘"平生飞动意"，颇有"老夫聊发少年狂"之感，令人意外。

圣叹在文末引用挚友王道树之语，看到的更多是"老夫们"在"飞动"时背后的"别样血泪"，毕竟人无再少年，这是对岁月无情流逝的无奈和恐惧。

杜诗原意与金评新意，参差交错，意味更为多重，余韵更为悠远。

附：

赠高式颜

昔别是何处，相逢皆老夫。
故人还寂寞，削迹共艰虞。
自失论文友，空知卖酒垆。
平生飞动意，见尔不能无。

蜀相①

前解咏祠堂②，后解咏丞相。

丞相祠堂何处寻？锦官城外柏森森。映阶碧草自春色，隔叶黄鹂空好音。

城外有丞相祠堂，然至城外而寻祠堂，是无心于丞相者也。先寻祠堂，后至城外，妙，是有一丞相于胸中；而至其地寻其庙，则在锦官城③外森森柏树之中也。三、四，碧草春色，黄鹂好音，入一"自"字、"空"字，便凄清之极。二语是但见祠堂而无丞相也。黄鸟所以求友，君子旷百世相感，有尚友古人之情，而无如古人终不可见，如"隔叶"也。

三顾频烦天下计，两朝开济老臣心。出师未捷身先死，长使英雄泪满襟。

后解承三、四来。丞相不可见于今日矣，然当时若非三顾草庐，丞相并不可得见于昔日也。天下妙计，在混一④，不在偏安。丞相受眷于先⑤，并效忠于后，虽不能混一天下，成开济之功，然老臣之计、老臣之心,则如是也。"死而后已"者,老臣所自矢⑥于我;捷而后死者,老臣必仰望于天。天不可必,老臣之志则可必。

第七句"未"字、"先"字妙,竟似后曾恢复而老臣未及身见之者,体其心而为言也。当日有未了之事,在今日长留一未了之计、未了之心。嗟乎,后世英雄,有其计与心,而不获见诸事者,可胜道哉⑦!在昔日为英雄之计、英雄之心,在今日皆成英雄之泪矣!

【注释】

①此文为金圣叹评杜甫《蜀相》,原无题,据诗题拟。蜀相,即蜀汉丞相诸葛亮。

②祠堂:即武侯祠,在今四川成都。名曰武侯祠,实则是一座刘备、诸葛亮,并关、张等蜀汉君臣合祀的祠庙,同时也是一座蜀汉历史文化的综合性纪念馆,是缅怀蜀汉(三国)历史、人物的重要遗址。武侯祠,得名于诸葛亮生前封"武乡侯",去世后,又被追谥为"忠武侯",故后世尊称其为"武侯"。

③锦官城:成都的别称。因成都盛产蜀锦,三国蜀汉时又曾在此设专管蜀锦的织锦之官,故有此称。

④混一:统合,统一。

⑤受眷于先:指诸葛亮授刘备三顾之恩、托孤之重。

⑥自矢:即自誓。立志不移。

⑦可胜道哉：可以说得完吗？用反问的语气突出感情。胜，尽。

【赏读】

杜诗及金评，抵得上一篇《蜀相论》。

刘备、诸葛亮君臣之相遇、相知，成为历史上难以复制的传奇，而诸葛亮更是以"死而后已"的精神报答这种知遇之恩。

英雄之计、英雄之心，而皆成英雄之泪！英雄有泪，这是历史的不完美，但或许正是因为这种不完美，才显得更加深沉与崇高。

附：

蜀相

丞相祠堂何处寻？锦官城外柏森森。
映阶碧草自春色，隔叶黄鹂空好音。
三顾频烦天下计，两朝开济老臣心。
出师未捷身先死，长使英雄泪满襟。

江村①

只用《论语》"贤者避世"②句,反覆③成篇。二解八句④,清空一气⑤,有如说话耳。

清江一曲抱村流,长夏江村事事幽。自去自来梁上燕,相亲相近水中鸥。

题曰《江村》、诗曰"江村"者,非江边一村也。乃清江一曲,四围转抱,既不设桥,又不置艇,长夏⑥于中,事事幽绝,所谓避世之乐,乐真不啻⑦者也。问:"江村如是,即令人如何去来?"答:"我有何人去来?自去自来,只有梁上之燕耳。"问:"若无去来,然则与何人亲近?"答:"我与何人亲近?相亲相近,独此水中之鸥耳。"二句乃以梁燕、水鸥,写江村更无去来、亲近,非以自来自去、相亲相近,写梁燕、水鸥也。从来人不解诗,因误读耳。

老妻画纸为棋局,稚子敲针作钓钩。多病所需惟药物,微躯此外更何求?

今人所以不能与世长辞⑧者,止为捡校⑨一身,有求实多，于是濡足没首⑩，长此苦海⑪耳。我则自计微躯，仰资于世，盖已少矣，胡为⑫皇皇⑬，尚不痛割！"老妻"二句，正极写世法险巇⑭，不可一朝居也。言莫亲于老妻，而此疆彼界，抗不相下；莫幼于稚子，而拗直作曲，诡诈万端。然则江流抱村，长夏不出，胥疏畏途⑮，便知天上，安得复与少作去来亲近，受其无央⑯毒害也？

中四句，从来便作长夏幽事，言老妻弈棋，稚子钓鱼。文人无事，徜徉其间，真大快活。殊不知可以日日弈棋钓鱼，不可日日画纸敲针。试取通篇一气吟之便见。两解八句，只是前解之第一句尽之耳。然则纸本白净无彼我，针本径直无回曲，而必画之敲之，作为棋局、钓钩，乃恨事，非幽事。而从来人闷闷，全不通篇一气吟，遂误读之也。

矍斋⑰云：先生以夔、龙、伊、吕⑱自待⑲者，起手便着"事事幽"三字，真乃声声泪、点点血矣，何必读终篇而见其不堪耶！

【注释】

①此文为金圣叹评杜甫《江村》，原无题，据诗题拟。

②贤者避世：语出《论语·宪问》："子曰：'贤者辟（bì）世，其次辟地，其次辟色，其次辟言。'"辟，通

"避",避开。

③反覆:"反复",翻来覆去,重复再三。

④二解八句:指全诗。金圣叹"分解"唐律诗,以前四句为"前解",以后四句为"后解"。故有此"二解"说。

⑤一气:一举,一连。

⑥长夏:指夏天,因夏日昼长,故称。

⑦不啻(chì):无异于,如同。

⑧与世长辞:此处不完全指去世,当指内心放下世俗的纷扰,倾向于精神上的"长辞",而非肉体。犹"避世"。

⑨捡校(jiào):同"检挍",查看,查视。此处有爱惜、不舍之意。

⑩濡(rú)足没(mò)首:脚沾染污秽,头沉没进去。指深陷于某种处境。

⑪长此苦海:指人因不能与世长辞,而长久地深陷在人生的苦难之中。

⑫胡为:何为,为何。

⑬皇皇:同"惶惶",指内心不自安。

⑭险巇(xī):亦作"崄巇",形容山路危险,泛指艰难、险阻。

⑮胥疏畏途:与人隔绝,害怕困难。

⑯无央:无穷无尽,无数。

⑰瞿斋:即金圣叹族兄金昌,字长文,号瞿斋,见前《与家伯长文昌》注①。

⑱夔、龙、伊、吕：分别是舜的贤臣夔、龙，商汤的贤臣伊尹，周文王的贤臣吕望（即姜太公）。此泛指贤臣、贤士。

⑲自待：自我期待。

【赏读】

仕隐是中国文学史上永恒的主题。仕隐、出处、进退，虽然可以用辩证的角度让自己释怀，但真正能如此潇洒的人又有几个？中国文学史之所以如此多姿多彩，正是因为不仅有那些令人啧啧称羡的潇洒自如，更有那些令人肃然起敬的倔强不屈。

附：

江村

清江一曲抱村流，长夏江村事事幽。
自去自来梁上燕，相亲相近水中鸥。
老妻画纸为棋局，稚子敲针作钓钩。
多病所需惟药物，微躯此外更何求？

杜诗五首^①

此诗以四绝一律为一篇,读者往往忽略分看,遂茫然不知起落,故拈出^②之。吾读杜诗至此五首,不觉哑然失笑也。

无量劫^③来,生死相续,无贤无愚^④,俱为妄想骗过。如汉高纵观秦皇帝,喟然叹曰:"大丈夫当如此矣^⑤!"岂非一肚皮妄想?及后置酒未央,玉卮上寿,却道:"季与仲所就孰多^⑥?"此时心满意足,不过当日妄想圆成。陈涉辍耕之垄,曰:"富贵无相忘。"^⑦此时妄想,与汉高无别。到后"为王沉沉"^⑧,不过妄想略现。阮嗣宗登广武,观刘、项战处,曰:"遂使孺子成名^⑨!"亦是此一副肚肠、一副眼泪。后来身不遇时,托于沉冥^⑩以至于死,不过妄想消灭。或为帝王,或为草窃,或为酒徒^⑪,事或殊途,想同一辙。

因忆为儿嬉戏时,老人见之,漫无文理,不知其^⑫心中无量经营,无边筹画,并非卒然^⑬徒然^⑭之事也。羊车竹马,意中分明国王迎门拥彗^⑮,县令负弩前驱[16]；尘饭涂羹[17]，意中分明盛馔变色[18]，菜羹必祭[19]；桐飞剪笏[20]，榆落收钱[21]，意中分明恭己垂裳[22]，绕床阿堵[23]。其为妄想，与前三人有何分别？

曾记幼年有一诗："营营共营营，情性易为工。留湿生萤火，张灯诱小虫。笑啼兼饮食，来往自西东。不觉闲风日，居然头白翁。"此时思之，真为可笑。"既念生子孙，方思广园圃"[24]，如此妄想，便足一生。我既生子，子又生孙。后来不知何人，俱同此一副妄想。

辟如此五首诗，亦是少陵无边妄想，于虚空世界劈空捏一园林，东家讨树，西家讨碗[25]，事成早起经营，皆一时一刻造就，真非东用寸楮，西驰尺幅[26]，往来乞觅也，大抵先生异于人者，于妄想成三禅乐[27]，世人于妄想中成五浊恶也。

【注释】

①此文为金圣叹评杜甫《萧八明府实处觅桃栽》《凭何十一少府邕觅桤木数百栽》《凭韦少府班觅松树子栽》《又于韦处乞大邑瓷碗》《早起》五诗，选文是对五首诗的总评，每首另有评语。

②拈（niān）出：拿出。此处指将此五首诗合在一起评点。

③无量劫：即不计其数的劫，形容时间极为长远，无法确计。此处意为自生命起源以来。劫，佛教用词，梵语音译。其分为小劫、中劫、大劫，一小劫等于一千六百七十九万八千年，二十小劫为一中劫，四中劫为一大劫。

④无贤无愚：无论贤愚，不分贤愚。贤，指德才兼备之人。愚，指德才不足之人。

⑤大丈夫当如此矣：语出《史记·高祖本纪》："高祖常繇咸阳，纵观，观秦皇帝，喟然太息曰：'嗟乎，大丈夫当如此也！'"高祖，指刘邦。这是史家用帝王后来的庙号称之。当时的刘邦只是泗水亭长，因他常到咸阳服徭役，见到咸阳秦宫的规模与气派，心生羡慕之欲，而不觉出口。

⑥季与仲所就孰多：亦出自《史记·高祖本纪》："未央宫成。高祖大朝诸侯群臣，置酒未央前殿。高祖奉玉卮，起为太上皇寿，曰：'始大人常以臣无赖，不能治产业，不如仲力。今某之业所就孰与仲多？'殿上群臣皆呼万岁，大笑为乐。"未央宫，刘邦定都长安后，在秦章台基础上修建而成的皇宫大殿，成为西汉皇权中心的象征。由汉至唐，未央宫或兴或废，凡定都长安者，均之为皇宫，唐末以后，沦为废墟。太上皇、大人，均指刘邦之父刘太公。此时刘邦已称帝，故尊其父为太上皇。臣，是刘邦面对太上皇的自称。仲、季，刘太公有四子，长曰元，字伯；次曰喜，字仲，即吴王刘濞之父；三子即刘邦，字季；四子曰交，字游。刘仲务农，颇能治产业，刘邦称帝后，封为代王，后废王爵。刘

邦因未央官建成，为太上皇祝寿时说："当初父亲以为我不务正业，经营能力不如二哥。那您现在再看看，我的产业和二哥相比，谁多啊？"这是一种很复杂的心情和语气，圣叹以为是"此时心满意足，不过当日妄想圆成"，可谓颇知刘季心思。

⑦"陈涉"二句：出自《史记·陈涉世家》："陈涉少时，尝与人佣耕，辍耕之垄上，怅恨久之，曰：'苟富贵，无相忘。'佣者笑而应曰：'若为佣耕，何富贵也？'陈涉太息曰：'嗟乎！燕雀安知鸿鹄之志哉！'"陈涉，即陈胜，字涉，秦末起义军领袖。辍耕，停止耕作，即放下手中的农活。

⑧为王沉沉：亦出自《史记·陈涉世家》："陈胜王凡六月。已为王，王陈。其故人尝与佣耕者闻之，之陈，扣宫门曰：'吾欲见涉。'宫门令欲缚之。自辩数，乃置，不肯为通。陈王出，遮道而呼涉。陈王闻之，乃召见，载与俱归。入宫，见殿屋帷帐，客曰：'夥颐！涉之为王沉沉者！'楚人谓多为夥，故天下传之，夥涉为王，由陈涉始。客出入愈益发舒，言陈王故情。或说陈王曰：'客愚无知，颛妄言，轻威。'陈王斩之。诸陈王故人皆自引去，由是无亲陈王者。"王，称王。凡，总共。王陈，即在陈地做王。宫门令，守卫宫门的官。辩数，反复解说。夥（huǒ），多。颐，语气助词。沉沉，形容宫室高大深邃，富丽堂皇。夥涉为王，即一旦得志便骄奢淫逸。发舒，放肆，随便。

⑨遂使孺子成名：语出《晋书·阮籍传》："（籍）尝登广武，观楚、汉战处，叹曰：'时无英雄，使竖子成名。'"广武，即广武山，在今河南荥阳，刘邦、项羽曾在此对峙。然阮籍所称之"时"，是指楚汉对峙之时，还是他自己所处的时代，则难以考究，因此他所称的"竖子"，究竟何指，尚有争议。

⑩身不遇时，托于沉冥：阮籍天赋异禀，才兼文武，且有济世之志，然身处司马氏高压政治之时，故抱不合作之态度，或长醉不起，或缄口不言，郁郁而终。

⑪"或为"三句：指上文所述的三种人。帝王，指刘邦，无须赘言。草窃，指陈涉。陈涉虽然揭竿而起，也曾自立为王，但终不过昙花一现，未建立大一统的政权，故后世往往以为陈涉、吴广不过是项羽、刘邦之引子，司马迁作《史记》，亦只将其归于"世家"，而非"本纪"。酒徒，指阮籍。阮籍在政治上不得志，常借酒避世，《晋书》本传中可见一斑："性至孝，母终，正与人围棋。对者求止，籍留与决赌。既而饮酒二斗，举声一号，吐血数升。及将葬，食一蒸肫，饮二斗酒，然后临诀，直言穷矣，举声一号，因又吐血数升。"

⑫其：指嬉戏之儿童。

⑬卒（cù）然：同"猝然"，突然、忽然。

⑭徒然：白白地，不起作用。上一句意谓，在老人看来，儿童之嬉戏，不过无聊之游戏，打发时间而已，但在嬉

戏之儿童看来，他们是在做无量之经营、无边之筹划。下文就如何经营、如何筹划铺陈而开。

⑮迎门拥彗（huì）：语出《汉纪·高祖纪》："后上朝太公，太公拥彗迎门，却行欲拜。"彗，扫帚。意谓刘邦称帝以后，尊其父刘太公为太上皇，刘太公却以为刘邦为君，自己为臣，故手执扫帚扫地，在门前迎候汉高祖刘邦。后引申为对来客的异常尊敬。

⑯负弩前驱：语出《史记·司马相如列传》："（相如）至蜀，蜀太守以下郊迎，县令负弩矢前驱，蜀人以为宠。"意谓背负弓箭，开路先行。表示迎接贵宾之礼。

⑰尘饭涂羹：语出《韩非子·外储说左上》："夫婴儿相与戏也，以尘为饭，以涂为羹，以木为胾（zì），然至日晚必归饷者，尘饭涂羹，可以戏而不可食也。"胾，切成大块的肉。尘饭涂羹，意谓尘做的饭，泥做的羹。指儿童嬉戏所做。

⑱盛馔变色：语出《论语·乡党》："有盛馔，必变色而作。"盛馔，丰盛的饮食。变色，改变脸色。

⑲菜羹必祭：语出《论语·乡党》："虽疏食菜羹，瓜祭，必齐如也。"意谓即使是粗茶淡饭，吃饭前也要先把它们取出一部分来严肃恭敬地祭祀。

⑳桐飞剪笏：古有"桐叶封弟"，事见《吕氏春秋·览部》卷十八《审应览·重言》："成王与唐叔虞燕居，援梧叶以为圭，而授唐叔虞曰：'余以此封女（汝）。'叔虞喜，以

告周公。周公以请曰：'天子其封虞邪？'成王曰：'余一人与虞戏也。'周公对曰：'臣闻之，天子无戏言。天子言，则史书之，工诵之，士称之。'于是遂封叔虞于晋。周公旦可谓善说矣，一称而令成王益重言，明爱弟之义，有辅王室之固。"《史记·晋世家》亦记此事，文字稍异。简言之，成王与叔虞为兄弟，成王将一桐叶剪成圭状，赠予叔虞，后果封之于晋。唐柳宗元有《桐叶封弟辨》，以为此事不合情理，姑置而不论。圣叹文中作"桐飞剪笏"，笏乃古代大臣上朝时手中所执之板，用玉、象牙或竹片制成，上可记事，亦可称之为圭，由此观之，则"桐飞剪笏"与"桐叶封弟"系指同一事。又，桐叶封弟乃成王与叔虞幼年之事，与圣叹文中儿童嬉戏主题吻合。

㉑榆落收钱：榆树果实名曰榆钱，形状似铜钱而小，或是榆钱飘落时，儿童捡来作为铜钱玩耍。

㉒恭己垂裳（cháng）：意谓君王制定衣服之制，天下依礼奉行。后引申为君王无为而治。恭己，语出《论语·卫灵公》："无为而治者，其舜也与？夫何为哉？恭己正南面而已矣。"意谓君王应当恭谨以律己。垂裳，语出《周易·系辞下》："黄帝、尧、舜，垂衣裳而天下治，盖取诸乾坤。"衣，古代服装的上衣部分，取象天；裳，下衣部分，取象地。

㉓绕床阿堵：语出《世说新语·规箴》："王夷甫雅尚玄远，常嫉其妇贪浊，口未尝言钱字。妇欲试之，令婢以钱绕床不得行。夷甫晨起，见钱阂行，呼婢曰：'举却阿堵

物。'"王衍（字夷甫）标榜清高，口不言"钱"，呼为"阿堵物"，后人遂以"阿堵物"为"钱"之别称。阿堵物，直译即这个东西，这些东西。阿堵，六朝口语，意谓"这个"。

㉔"既念"二句：语出唐人储光羲诗《田家杂兴八首》。

㉕"东家"二句：指杜甫此五首诗所写之事。

㉖"真非"二句：形容到处写信求助。寸楮（chǔ）、尺幅，均指简短的信札。楮，落叶乔木，叶似桑，其树皮是制造桑皮纸和宣纸的原料，后引申为纸的代称。

㉗三禅乐：佛教用语。语见《楞严经》："安稳心中，欢喜毕具，名为三禅。"

【赏读】

圣叹平生幽默，或是自说自笑，或是惹得众人大笑，能使圣叹哑然失笑者，未尝多见。究其原委，乃沉郁顿挫之老杜，忽然生无边之妄想。而此妄想，非徒口腹之欲，亦非王霸之图，乃于虚空世界劈空捏一园林；此一园林，又非老杜一砖一瓦、一草一木做成，乃东家讨树，西家讨碗，一时一刻造就。看似妄想，明明又步步着实；看似着实，则明明又是妄想。故妄想之老杜，非似老杜；而老杜之妄想，又非似妄想。此圣叹所以哑然失笑也。

圣叹此篇，满眼典故，作者信手拈来，写得颇快活，注者早已头晕眼花、手抖脚颤矣。又一哑然失笑。

附：

萧八明府实处觅桃栽

奉乞桃栽一百根，春前为送浣花村。
河阳县里虽无数，濯锦江边未满园。

凭何十一少府邕觅桤木数百栽

草堂堑西无树林，非子谁复见幽心。
饱闻桤木三年大，与致溪边十亩阴。

凭韦少府班觅松树子栽

落落出群非榉柳，青青不朽岂杨梅。
欲存老盖千年意，为觅霜根数寸栽。

又于韦处乞大邑瓷碗

大邑烧瓷轻且坚，扣如哀玉锦城传。
君家白碗胜霜雪，急送茅斋也可怜。

早起

春来常早起，幽事颇相关。
帖石防隤岸，开林出远山。
一丘藏曲折，缓步有跻攀。
童仆来城市，瓶中得酒还。

凭韦少府班觅松树子栽①

　　落落出群非榉柳，青青不朽岂杨梅。欲存老盖千年意，为觅霜根数寸栽。

　　第一首因题衍诗②，第二首因诗著题③，此首却将诗笑题。

　　盖春夏乐事，备足无余，其余事皆在可缓。无端无事讨事，又想数松点缀，静坐三思，不绝自笑。我欲成此园，原为逃名息机④，聊以卒岁⑤。今觅松树子栽，既不能取效目前⑥，又不能馈实日后⑦。老盖千年，霜根数寸，欲并三槐⑧，作身后佳话。

　　俟河之清，人寿几何？⑨迂缓荒唐，莫此为甚⑩。一生匏落⑪，正受此病。乃尔习气未除，重复露出，因而自言自语，自嘲自笑，故诗中皆作推敲商榷之语。方寻快活，又起悲凉。若同前二首并看，不特文气板腐，有负良工苦心，亦且逢人硬索，见物便取，使少陵与当世贵人一例去也。

　　嗟乎！吾辈刳心呕血⑫，穷奇极奥，并为"千年"

二字所误，皆觅数寸霜根者也。欲免斧斫⑬，比寿栎社，计亦疏矣⑭。即使有成，饥寒常在身前，功名常在身后，悲夫！

【注释】

①此文为金圣叹评杜甫《凭韦少府班觅松树子栽》，原无题，据诗题拟。韦班，杜甫之友，生平未详。杜甫另有《涪江泛舟送韦班归京（得山字）》之作，诗曰："追饯同舟日，伤春一水间。飘零为客久，衰老羡君还。花远重重树，云轻处处山。天涯故人少，更益鬓毛斑。"由此诗观之，韦氏可能曾与杜甫同流寓蜀中而先出蜀归京，杜甫因而表达了"羡君还"的心态。凭韦少府班觅松树子栽，即向韦少府借松树的种子来栽。此诗与前两首诗写向县令萧实借桃树种子、县尉何邕借桤木种子当都在杜甫成都郊外草堂落成之时。少府，唐人称县令为"明府"，称县尉为"少府"。韦班或曾在蜀中为县尉。

②第一首因题衍诗：指《萧八明府实处觅桃栽》："奉乞桃栽一百根，春前为送浣花村。河阳县里虽无数，濯锦江边未满园。"

③第二首因诗著题：指《凭何十一少府邕觅桤木数百栽》："草堂堑西无树林，非子谁复见幽心。饱闻桤木三年大，与致溪边十亩阴。"

④逃名息机：逃脱名利束缚，息灭心机算计。

⑤卒岁：原指度过一年，此泛指度过岁月。

⑥不能取效目前：此言因松树生长较慢，不能马上达到可以观赏的程度。取效，取得效果。目前，眼前。

⑦不能馈实日后：此处指松树带来的一切有益之处。馈实，馈赠果实。

⑧欲并三槐：相传周代官廷外种有三棵槐树，三公朝天子时，面向三槐而立。后因以三槐喻三公。并，相等，匹敌。

⑨"俟河"二句：原指人的寿命很短，等待黄河变清是不可能的。引申为期望的事情不能实现。语出《左传·襄公八年》："《周诗》有之曰：'俟河之清，人寿几何？'"《周诗》，杜预注："逸诗也。"一说即指《诗经》。俟，等待。

⑩莫此为甚：即莫甚于此。

⑪匏（páo）落：匏是葫芦的一种变种，成熟后会自动掉落藤蔓。此处比喻老而将衰。

⑫刳（kū）心呕血：比喻费尽心思。刳，挖出。

⑬斧斤：泛指各种斧子。

⑭计亦疏矣：这种想法不明智啊。

【赏读】

自言自语、自嘲自笑的状态，真令人羡慕。

附：
凭韦少府班觅松树子栽

落落出群非榉柳,青青不朽岂杨梅。
欲存老盖千年意,为觅霜根数寸栽。

早起①

题最伤心。

世间惟痴肥公子,夜饮朝眠,其他无一人不欲早起者。健儿提戈跨马,农夫负耒②之田。抱布③握粟④,哓哓阛阓⑤,侧肩叠踵⑥,伺候朱门⑦,庭燎⑧盈廷⑨,裳衣颠倒。上自天子、公卿、大夫及士庶人,无贤无愚,无不早起。即我当时,自谓挺拔,立登要路⑩,一样闻鸡起舞⑪。无奈许身⑫太愚,为计⑬太拙,直欲返俗唐、虞,次躬稷、契⑭,老大无成。

世既弃我,我亦弃世,颓然放废,形为槁木心成灰,纵横失计,妻子堪羞,衣里嫌身,人前短气。夜中千思万算,左计不成,右计不就,耿耿不寐。及到晓来,仰视屋梁,欲起无味,反复沉沉睡去,致令早起绝少。

夫高眠者,小人之所甘,而君子之所悲也。张循王⑮园中老卒,日中睡去。循王问之,对曰:"无事可做,只得睡眠耳。"悲哉言也!循王立捐五百万金钱,令之回易⑯外夷。乘巨舸,跨鲸波⑰,飘然而去,突然而来,珍奇光乎内府,宝马盈于外厩。丧败之余,一时循王军容独振。彼老卒不过略集余技⑱,昔年睡魔,顿然失去。自叹二十年来昏昏醉梦,未知何时得早起也。

【注释】

①此文为金圣叹评杜甫《早起》,原无题,据诗题拟。

②负耒(lěi):背着农具,指参加农业劳动。耒,一种农具。

③抱布:语出《诗·卫风·氓》:"氓之蚩蚩,抱布贸丝。匪来贸丝,来即我谋。"后指自媒。据文意,此处当指至权贵之门自荐。

④握粟:语出《诗·小雅·小宛》:"握粟出卜,是何能谷。"后指祈求神明护佑。

⑤阛阓(huán huì):街市,街道。

⑥叠踵:犹"接踵",形容人多。

⑦朱门:代指权贵。

⑧庭燎:宫廷中用于照明的火炬。

⑨盈廷:同"盈庭",充满官廷。

⑩要路:此处指显要的地位。

⑪闻鸡起舞:语出《晋书·祖逖传》:"(逖)与司空刘琨俱为司州主簿,情好绸缪,共被同寝。中夜闻荒鸡鸣,

蹴琨觉曰:'此非恶声也。'因起舞。逖、琨并有英气,每语世事,或中宵起坐,相谓曰:'若四海鼎沸,豪杰并起,吾与足下当相避于中原耳。'"后来比喻有志报国的人及时奋起。

⑫许身:此处当指自许、自我期待。

⑬为计:此处指为人处世的本事、原则。

⑭返俗唐、虞,次躬稷、契:使风俗返回到唐、虞时代,使自己成为辅佐唐、虞的稷、契。唐、虞,即唐尧、虞舜,泛指明君。稷、契,泛指贤臣。稷,即后稷,传说他在舜时教民稼穑。契,传说是舜时掌管民治的大臣。

⑮张循王:即张俊,字伯英,南宋初年名将,与岳飞、韩世忠、刘光世并称南宋"中兴四将",卒赠循王,谥号"忠烈"。

⑯回易:交易,贸易。

⑰鲸波:比喻惊涛骇浪。

⑱余技:指无须耗费主要精力的技艺、技能,也指小技。

【赏读】

以"早起"为题,何"最伤心"之有?起笔便惊世骇俗。

无事可做,只得睡耳。语太悲。没有精神寄托,一天就像一万年那样漫长。

人苦无追求,有了追求,只恐光阴太速,拦之不住,岂肯虚掷也?

附:

早起

春来常早起,幽事颇相关。

帖石防隤岸,开林出远山。

一丘藏曲折,缓步有跻攀。

童仆来城市,瓶中得酒还。

魏十四侍御就敝庐相别①

有客骑骢马,江边问草堂。远寻留药价,别惜到文场。

彼骢马上人②,是一样③气色;草堂中人④,是一样气色。据此两样气色,此两人可谓风马牛,终不得相及⑤也。乃今日江边远寻,不忍别去,殷勤眷恋,加人一等者,无他,云泥一判,日月如驰,老病无常,旧游若梦。"留药价""到文场",妙。今日来寻,须留药价,甚矣吾衰⑥,知扶几年;追念少年,共在文场,曾几何时,衰谢遂极。然则于今再别,岂复思意之所得料?盖"车过腹痛"⑦之言,犹未痛于此诗矣。

"药价"字,下得极衰飒⑧;"文场"字,下得极壮武;"药价"字,写后会苍茫⑨;"文场"字,写旧游孟浪⑩。百年眨眼,只此四字画绝。刘会孟⑪云:"'药价'甚雅,'文场'过矣。"吾不欲问其"文场"何过,正欲问其"药价"何雅之有?可恨可笑!

入幕旌旗动,归轩锦绣香。时应念衰疾,书

迹及沧浪。

"旌旗动""锦绣香",此成何语?须知特特盛写,以与下"衰疾""沧浪"相望成妙事妙句也!看他于草堂别后,先写入幕⑫;于入幕后,再写归轩⑬。盖入幕,即建牙吹角⑭,公事旁午⑮,早与草堂冷热迥异者;更归轩,则珠围翠绕,柔情曼声⑯,岂更得与草堂犹有少分牵挂哉。今魏十四不直于草堂而远寻惜别,眷眷⑰如此;乃至入幕,乃至归轩,而衰疾经心,沧浪在眼,到底如彼,真觉昔人乘车戴笠⑱之不足复道也。

【注释】

①此文为金圣叹评杜甫《魏十四侍御就敝庐相别》,原无题,据诗题拟。魏十四,唐人好以某人在其家族兄弟中排行称呼其人,十四即排行十四,名不详。侍御,唐人称殿中侍御史、监察御史等为侍御。就,靠近,此处指魏十四到杜甫草堂告别。敝庐,对自己住处的谦称。

②骢马上人:此处指魏十四侍御。骢马,原指青白相间的马,因东汉桓典为侍御史,常常骑着青白色的马,当时专权的宦官及京城的人都十分畏惧他,说:"行行且止,避骢马御史。"事见《后汉书·桓荣传》附《桓典传》,后引申为侍御的代称。

③一样:一种。后一个"一样",亦是此意。

④草堂中人：指杜甫本人。当时杜甫在成都城外建草堂自居，即著名的杜甫草堂。

⑤风马牛，终不得相及：语出《左传·僖公四年》："四年春，齐侯以诸侯之师侵蔡。蔡溃。遂伐楚。楚子使与师言曰：'君处北海，寡人处南海，唯是风马牛不相及也。不虞君之涉吾地也，何故？'"比喻人或事物毫无关联、毫不相干。

⑥甚矣吾衰：《论语·述而》："甚矣！吾衰也。久矣！吾不复梦见周公。"这是孔子感叹时光流逝、壮志难酬之句，流露出一种对衰老的恐惧和对周礼难复的悲情。

⑦车过腹痛：语出《后汉书·桥玄传》："初，曹操微时，人莫知者，尝往候玄，玄见而异焉，谓曰：'今天下将乱，安生民者其在君乎！'操常感其知己。及后经过玄墓，辄凄怆致祭。自为其文曰：'故太尉桥公，懿德高轨，泛爱博容。国念明训，士思令谟。幽灵潜翳，邈哉缅矣！操以幼年，逮升堂室，特以顽质，见纳君子。增荣益观，皆由奖助，犹仲尼称不如颜渊，李生厚叹贾复。士死知己，怀此无忘。又承从容约誓之言：'徂没之后，路有经由，不以斗酒只鸡过相沃酹，车过三步，腹痛勿怨。'虽临时戏笑之言，非至亲之笃好，胡肯为此辞哉？怀旧惟顾，念之凄怆。奉命东征，屯次乡里，北望贵土，乃心陵墓。裁致薄奠，公其享之！'"此事又见于曹操《褒奖令》，文字稍有不同。《褒奖令》在先，《后汉书》在后。后来苏轼在《筼筜谷偃竹记》

中将此事概述为:"昔曹孟德祭桥公文,有车过腹痛之语,而予亦载与可畴昔戏笑之言者,以见与可于予亲厚无间如此也。"以曹操与桥玄的亲密关系来比拟自己与文与可的关系。

⑧衰飒:形容衰老、萧瑟。

⑨后会苍茫:指今后重逢的机会十分渺茫。这是因为诗人与友人均届衰年,唯恐时日无多,相见无日。这是一种对生命即将流逝的恐惧和与亲友不能再会的伤感。

⑩旧游孟浪:即旧日之游,在如今看来,显得那么轻率鲁莽。孟浪,原是贬义词,但在此处更用于强调对往昔那种自由自在、无拘无束生活的留恋与追忆,是反其意而用之。

⑪刘会孟:即刘辰翁,字会孟,别号须溪,南宋末年著名词人、评论家,曾对杜诗有过专论。

⑫入幕:原指进入幕府为幕僚,此处泛指魏十四出仕为官。

⑬归轩:指辞官归里,返回书斋。

⑭建牙吹角:在此处均泛指魏十四出为武将时的君威与荣耀。建牙,指将帅出师前树立军旗,亦引申为出镇外方,开设府衙,合称建牙开府,具有一定的自主权。牙,指古代军旗,亦代指主将之位。角,指古代军中乐器,吹角用以号令。

⑮旁午:也作"旁迕",形容纷繁复杂。

⑯曼声:舒缓的长音。

⑰眷眷:形容依依不舍,念念不忘。

⑱乘车戴笠：语出西晋周处《风土记》："卿虽乘车我戴笠，后日相逢下车揖。我步行，卿乘马，后日相逢卿当下。"比喻富贵而不忘贫贱之交。乘车，比喻富贵。戴笠，比喻贫贱。

【赏读】

仕隐，是读书人永恒的主题，也是一个艰难的选择。好在中国文化从来不鼓励走极端，可以仕，可以隐，可以先仕后隐，可以先隐后仕，可以既仕且隐，魏十四侍御就是这样一位在仕隐之间完美转换的高人。

附：

> 魏十四侍御就敝庐相别
> 有客骑骢马，江边问草堂。
> 远寻留药价，别惜到文场。
> 入幕旌旗动，归轩锦绣香。
> 时应念衰疾，书迹及沧浪。

登楼①

先生②生多难之时③，身适在蜀，徘徊吊古，欲图祸乱削平，无日不以诸葛忠武④为念。其见之吟咏者，殆不一而足，盖先生之自待⑤者忠武也。"日暮聊为《梁父吟》⑥"，言我今老矣，徒栖迟⑦日暮⑧，无所见长，虽负希世⑨之材，而国无容贤之臣。追想隆中抱膝之吟，其寄托一何深远也！不觉于《登楼》发之。

花近高楼伤客心，万方多难此登临。锦江春色来天地，玉垒浮云变古今。

伤心原不在花，在于"万方多难"；一到登临之际，忽已如箭攒心。锦江、玉垒，俱在成都。"锦江"句，承"花近高楼"，因见有花便知春色也；"玉垒"句，承"万方多难"，因见云变即知多难也。"春色"而曰"来天地"，"浮云"而曰"变古今"者，照上"万方"二字，言外便见浮云自变，春色依然，故下遂转到"北极"云云。

北极朝廷终不改，西山寇盗莫相侵。可怜后

主还祠庙,日暮聊为《梁父吟》。

朝廷虽屡经寇盗,几几欲改;而今日朝廷犹是朝廷,于此不改,则终不改矣。"寇盗"不专指吐蕃,玄宗回銮之后,蜀中僭乱⑩颇多,如段子璋、徐知道等是也。"莫相侵"妙,若一一分付他,教他切莫如此。若夫朝廷之所以不改者,不必他事证,即如蜀后主⑪,不过一昏庸之主耳,只为他君主一方,故去今数百年,而祠庙如故。纵中间历几寇盗,终未有侵而改之者,况我唐堂堂共主⑫哉。此"还"字,直与"终不改""终"字应,因叹后主在蜀,全赖一武侯;若今蜀中得如武侯其人者,又何患西山之寇盗⑬也?"日暮"字,伤心之极。年迫衰暮,于蜀无所损益,但把武侯《梁父吟》聊为吟之,未知北极朝廷曾知有此老否?

【注释】

①此文为金圣叹评杜甫《登楼》,原无题,据诗题拟。

②先生:指杜甫。

③多难之时:指杜甫遭遇安史之乱时。

④诸葛忠武:即诸葛亮,谥号忠武。

⑤自待:自许,自我期待。

⑥日暮聊为《梁父吟》:指全诗最后一句。《梁父吟》,亦作《梁甫吟》,汉代乐府诗,作者不可考,诸葛亮高卧隆

中时好为《梁父吟》，有人认为可能是其本人所作。诗曰："步出齐城门，遥望荡阴里。里中有三坟，累累正相似。问是谁家墓，田疆古冶子。力能排南山，文能绝地纪。一朝被谗言，二桃杀三子。谁能为此谋，相国齐晏子。"郭茂倩《乐府诗集》解题云："按梁甫，山名，在泰山下。《梁甫吟》盖言人死葬此山，亦葬歌也。"观此诗，与葬歌不甚相符，沈德潜解释为："武侯好《梁父吟》，非必但指此章，或篇帙散落，唯此篇流传耳。"

⑦栖迟：此处当指漂泊失意。时杜甫因安史之乱，漂泊蜀中，生活极为困难。

⑧日暮：原指太阳将要落山之时，此处比喻人生即将谢幕之时，即暮年。杜甫漂泊蜀中十年，正值他晚年之时。

⑨希世：同"稀世"，世所罕见。

⑩僭（jiàn）乱：犯上作乱。

⑪蜀后主：即刘禅，字公嗣，小名阿斗，刘备之子，在位四十一年，史称"后主"。他是蜀汉第二位皇帝，也是亡国之君，后"阿斗"成为昏庸无能的代名词。

⑫共主：共同尊奉的帝王、天子。指唐王朝是统一的王朝，唐太宗还曾被周边民族政权共奉为天可汗，非蜀汉这样的偏安小朝廷可比。

⑬西山之寇盗：指唐王朝西边高原上的吐蕃政权。

【赏读】

诸葛亮《梁父吟》在少年之时,是一种期待;杜子美《梁父吟》在暮年之时,是一种无奈。

末句直令人不忍卒读,当真有长使英雄泪满襟之感。

附:

登楼

花近高楼伤客心,万方多难此登临。

锦江春色来天地,玉垒浮云变古今。

北极朝廷终不改,西山寇盗莫相侵。

可怜后主还祠庙,日暮聊为《梁父吟》。

旅夜书怀①

通篇是黑夜舟面上作,非偃卧②篷底③语也。先生④可谓耿耿不寐,怀此一人矣。

> 细草微风岸,危樯独夜舟。星垂平野阔,月涌大江流。

"独夜"者,舟上一夜之先生也。舟中若干人,烂熳⑤睡久矣。星何故垂?以"平野阔"故,遥望如垂也;月何故涌?以"大江流"故,不定如涌也。夫平野阔则苍生何限,大江流则岁不我与⑥。此二事,正自日日婴于怀抱,庶几独今夜暗中,无所触目,暂得一置耳。乃又以星垂月涌,惊骇瞻瞩,还算出来,然则何时始得不入于心哉!

看他眼中但见星垂月涌,不见平野大江;心头但为平野大江,不为星垂月涌。千锤万炼,成此奇句,使人读之,咄咄⑦呼"怪事"矣!

> 名岂文章著,官应老病休。飘飘何所似?天地一沙鸥。

卷二　唱经堂杜诗解

丈夫一生学问,岂以文章著名?语势初欲自壮,忽接云:但老病如此,官殆休矣。看他一起一跌,自歌自哭,备极情文悱恻⑧之致。夫天地大矣,一沙鸥⑨何所当于其间?乃言一沙鸥,而必带言⑩"天地"者,天地自不以沙鸥为意,沙鸥自无日不以天地为意。然则非咏天地而带有沙鸥,乃咏沙鸥而定不得不带有天地也。小同大异,可与知者道耳。

【注释】

①此文是金圣叹评杜甫《旅夜书怀》,原无题,据诗题拟。旅夜书怀,即在旅途的夜里抒发感怀。

②偃卧:仰卧,睡卧。

③篷底:船篷之下,一般指船舱内。

④先生:指杜甫。

⑤烂熳:同"烂漫",此处形容熟睡。

⑥岁不我与:犹时不我待。

⑦咄咄:表示惊讶或感叹。

⑧悱恻:形容内心悲苦凄切,难以排遣。

⑨沙鸥:一种水鸟。因常栖集于沙滩或沙洲上,故称"沙鸥"。杜甫此时在水上舟旅之中,因以"沙鸥"自比。

⑩带言:兼带言及。

【赏读】

年老而多病，困顿而漂泊，来路早已失，前路更无望，人到此种处境，当真要问问"何所似"了。或许，还比不上天地一沙鸥吧。人之所以苦，在有身有欲。人看自家，与沙鸥相似；而沙鸥看人，未必如此。

附：

旅夜书怀

细草微风岸，危樯独夜舟。
星垂平野阔，月涌大江流。
名岂文章著，官应老病休。
飘飘何所似？天地一沙鸥。

云安九日郑十八携酒陪诸公宴①

尤苦在结二语。"旧摘"二句,未为苦也,读去自知。

寒花开已尽,菊蕊独盈枝。旧摘人频异,轻香犹暂随。

起二语,多恐亦是寄托语。"旧摘人异",是苦语,加一"频"字,然则转盼又成旧也。生涯流水,岂堪多读?人非坚质,故菊亦称"轻香"。"暂"字苦,不知"犹"字尤苦,佛经谓之"诈现②亲附③"。

地偏初衣夹,山拥更登危。万国皆戎马,酣歌泪欲垂。

人徒知万国戎马,故泪垂,即岂复成诗者耶?万国戎马而此独酣歌,是以不得不泪垂耳。我见题中有"诸公"字,便知先生④是日必无好气也。如此读断"泪垂"字,是则圣叹所以奉赠后贤者也。

读毕,始知寒花开尽。

【注释】

①此文为金圣叹评杜甫《云安九日郑十八携酒陪诸公宴》,原无题,据诗题拟。云安,在今重庆云阳。九日,指在云安逗留九日。郑十八,名贲,排行十八,生平未详。

②诈现:假装出某种状态。

③亲附:亲近,依附。

④先生:此指杜甫。

【赏读】

无聊作陪,虚以应付,是人生最痛苦的事之一。题中有"诸公"字,便知先生是日必无好气,圣叹真老杜异代知音。想必他老人家亦是如此。

末句尤意味深长。

附:

云安九日郑十八携酒陪诸公宴

寒花开已尽,菊蕊独盈枝。

旧摘人频异,轻香犹暂随。

地偏初衣夹,山拥更登危。

万国皆戎马,酣歌泪欲垂。

咏蜀先主①

蜀主窥吴幸三峡，崩年亦在永安宫。翠华想像空山里，玉殿虚无野寺中。

首句如疾雷破山，何等声势；次句如落日掩照，何等苍凉。三，虚想当年；四，实笑今日也。山外安觅翠华②？意中却有；寺中旧为玉殿③，目下却无。是无是有，是有是无，二语闪烁不定。"翠华""玉殿"，又极声势；"空山""野寺"，又极苍凉。只一句中，上下忽变，真是异样笔墨。

古庙杉松巢水鹤，岁时伏腊走村翁。武侯祠屋常邻近，一体君臣祭祀同。

翠华、玉殿既不可见，所见惟古庙存焉。而昭烈故天子也，以天子而有庙，必也玄堂④太室⑤，所谓振鹭⑥来宾、和鸾⑦至止者也，而今乃"巢水鹤⑧"耳！以天子庙而有祭，必也八佾⑨、九献⑩，所谓群公执爵⑪、髦士奉璋⑫者也，而今乃"走村翁"耳！"祠屋近"是一样"水鹤""杉松"，"祭祀同"是一样"村翁""伏腊⑬"。非幸其君臣一体，正伤其君臣无别也。

瞿斋⑭云：少陵为依严武⑮而入蜀，蜀主为伐孙权而窥吴⑯。后人所经，前人亦经焉；后人所止，前人亦止焉。后人吊前人，后人复吊后人。不独"玉殿""翠华"，徒劳想像；抑且"空山""野寺"，亦属虚无。蜀主与武侯同尽，千载莫辨君臣；村翁与水鹤俱闲，一时何分人物？昔年白帝托孤，已作英雄往事；今日蜀中怀古，岂非文士空花。先生此诗，得禅理矣。

【注释】

①此文为金圣叹评杜甫《咏怀古迹五首》之《咏蜀先主》，原无题，据诗题拟。蜀先主，即刘备，字玄德，蜀汉开创者，谥昭烈，史称"蜀汉昭烈帝"，亦被人称"先主"。刘备出身低微，在汉末军阀中起点较低，起步较晚，但终成帝业，其对诸葛亮的三顾茅庐之恩和白帝托孤之重，尤为后人称道。

②翠华：天子仪仗中以翠羽为饰的旗帜、车盖等。此处泛指帝王的仪仗和气势。

③玉殿：帝王的宫殿。

④玄堂：北向的堂。既指天子冬月所居之处，亦指夏朝天子宣明政教的明堂，此处可理解为具有天子气象的庙堂。

⑤太室：太庙中央之室，泛指太庙，即天子的祖庙。

⑥振鹭：语出《诗·周颂·振鹭》："振鹭于飞，于彼西

雍。"因鹭的羽毛一般为纯白色,故以"振鹭"比喻朝堂上操行纯洁的贤臣。

⑦和鸾:语出《诗·小雅·蓼萧》:"和鸾雍雍,万福攸同。"引申为铃悦耳响,祥和福瑞。和,原指挂在车前横木上的铃铛。鸾,原指挂在轭首或车架上的铃铛。

⑧巢水鹤:水鹤在此筑巢。

⑨八佾:亦作"八溢"或"八羽",语出《论语·八佾》。古代天子用的一种乐舞,为八行八列。

⑩九献:意为九次献酒。指周天子接待上公朝聘的享礼。语出《周礼·秋官·大行人》。

⑪执爵:原指为天子侍奉饮食的近臣,此处当泛指天子近臣。爵,古代饮酒的器皿。

⑫髦士奉璋:语出《诗经·大雅·棫朴》:"济济辟王,左右奉璋。奉璋峨峨,髦士攸宜。"髦士,俊士,秀士。奉,通"捧"。璋,即"璋瓒",祭祀时盛酒的玉器。

⑬伏腊:古代两种祭祀的名称。伏祭在夏月,腊祭在腊月,也可泛指各种重要节日。

⑭夔斋:即金圣叹族兄金昌,见前《与家伯长文昌》注①。

⑮严武:字季鹰,两次镇蜀,以军功封郑国公。杜甫漂泊蜀中之时,曾入剑南节度使严武幕府为幕宾,严武向朝廷推举杜甫虚领"检校工部员外郎"之职,这也是杜甫被后世称为"杜工部"的原因,从这一角度说,严武对杜甫的影响很大。

⑯蜀主为伐孙权而窥吴：公元221年，刘备平定两川，并在成都称帝，国号"汉"，改元"章武"。此前一年，镇守荆州的关羽，率军北伐，擒于禁、斩庞德，威震华夏，并围曹仁于樊城，连在许都的曹操都准备迁都以避其锋。正在此时，东吴吕蒙以白衣渡江，袭取荆州，关羽被吴军擒获，并遭杀害。刘备称帝后，以为关羽报仇为名，与张飞兵分两路伐吴，而张飞出兵前被部下叛将所害，并割下张飞首级，投降东吴。刘备与关、张自起兵至今，相从近四十年，恩若兄弟，今兄弟被害，荆州被夺，刘备怒不可遏，亲率大军征伐东吴，是为夷陵之战。

【赏读】

　　刘备成都称帝，是他一生事业上的巅峰，但事实上已经盛极转衰。其真正的巅峰何在？在刘备平定两川而荆州未失之时。此时刘备跨有益、荆，在统治区域上达到了最大程度，这是他四十年百折不挠的成果。但无论是历史，还是个人人生，都充满了不可预测性和不可逆转性。刘备平定两川和痛失荆州只在须臾之间，甚至可以说两者几乎同时发生。登上人生巅峰的刘备很快被无情地赶了下来，并在短短一年多时间里画上了他波澜壮阔的人生乐章的终止符。巅峰、下坡、终止，如此匆匆；雄图王霸，如此转瞬即逝。繁华落尽，唯有清虚。

附：

咏蜀先主

蜀主窥吴幸三峡,崩年亦在永安宫。
翠华想像空山里,玉殿虚无野寺中。
古庙杉松巢水鹤,岁时伏腊走村翁。
武侯祠屋常邻近,一体君臣祭祀同。

秋兴八首①

"兴"之为言兴也。美女当春而思浓,志士对秋而情至。凡山川林峦,风烟云露,草色花香,目之所睇②,耳之所闻,何者不与寸心相为蕴结③,其勃然触发有自然矣。乃先生④以忠挚之怀,当飘零之日,复以流寓之身⑤,经此摇落之时⑥。其为兴也,真兴尽之至,心灰意灭,更无纤毫⑦之兴⑧,而有此八首者也。后人拟作者,或至汗牛充栋,亦尝试于先生制题⑨之妙一寻绎⑩乎?

题是"秋兴",诗却是无兴。作诗者满肚皮无兴,而又偏要作《秋兴》。故不特诗是的的⑪妙诗,而题亦是的的妙题;不特题是的的妙题,而先生的的妙人也。

从来诗是几首,多一首不得,少一首不得。如此诗是八首,则七首不得,亦九首不得。某既言之屡矣,而或未能深信。试看此诗,第一首纯是写秋,第八首纯是写兴,便知其八首是一首也。

【注释】

①此文为金圣叹评杜甫《秋兴八首》总评节选,原无题,据诗题拟。秋兴(xīng),由秋天引发的思绪、感怀。兴,起,起来。

②睇(dì):原指斜视,流盼。此处泛指看。

③蕴结:犹郁结,指情绪、愿望等积聚在内心深处而不得发泄。

④先生:指杜甫。

⑤飘零之日、流寓之身:指杜甫作《秋兴八首》时正漂泊于夔州,居无定所。

⑥摇落之时:凋零、飘落之时,指时值秋天的萧条之象。

⑦纤毫:比喻极其细微。

⑧兴(xìng):兴致,兴意。此处的理解较为微妙,须仔细体会:诗人因萧条的秋天而引发(兴,xīng)的对人生、对前途毫无兴致(兴,xìng)之感。下文虽"题是'秋兴',诗却是无兴",即是此意。

⑨制题:出题,拟题。

⑩寻绎:玩味,探索。

⑪的的(dí dí):的确,实在。

【赏读】

飘零之日,流寓之身,摇落之时,当此三者会合一处,人生复有何兴?而杜工部竟能于如此无兴之时,连写《秋兴》八首,其意如何,其兴如何,皆不言而喻矣。

附:(止录其一、其八)

秋兴八首

其一

玉露凋伤枫树林,巫山巫峡气萧森。
江间波浪兼天涌,塞上风云接地阴。
丛菊两开他日泪,孤舟一系故园心。
寒衣处处催刀尺,白帝城高急暮砧。

其八

昆吾御宿自逶迤,紫阁峰阴入渼陂。
红豆啄余鹦鹉粒,碧梧栖老凤凰枝。
佳人拾翠春相问,仙侣同舟晚更移。
彩笔昔曾干气象,白头吟望苦低垂。

阁夜①

"阁",即是夔州西阁;"阁夜"者,于西阁中度夜也。通篇悲愤之极,悲在夜,愤在阁。

> 岁暮阴阳催短景,天涯霜雪霁寒宵。五更鼓角声悲壮,三峡星河影动摇。

一解写夜,言岁暮景短②,忽忽已夜。是夜雪霁③,寒宵湛然④。二句专为欲起下二句,写出一肚皮刘越石、祖士稚⑤心事⑥来。言虽复短景入夜,然自一更以至五更,更更鼓角⑦之声刺耳锥心,如何可睡?既不能睡,即不免走出中庭,瞻望天象。而是夜正值雪霁,满天星河湛然。汉东方朔⑧言星辰动摇,"民劳之应"⑨。今其象如此,苍生奈何!笔势又沉郁,又精悍。反复吟之,使人增长意气百倍。

心在此处,则以别处为天涯;心在别处,则以此处为天涯:此第二句用"天涯"二字之法也。人断断用不出,于是断断看不出也。

> 野哭千家闻战伐,夷歌几处起渔樵。卧龙跃

马终黄土,人事音书漫寂寥。

一解写阁。上解写"夜"如此,则岂可久于"阁"中也哉?而竟无计得去,安得不愤愤?百姓新闻合战,遍处无不野哭;先生⑩不离西阁,闲听渔樵唱歌。时事危急,急至于此;人事迟误,迟至于此。因思卧龙跃马⑪,终成黄土,盖世英雄,会有死日。今不及时赴事,转盼⑫没世无称,天乎天乎,痛哉痛哉!我今在西阁之中,不惟人事不来,且至音书悉断,使一旦遂死,真成万年极痛矣!从来"终黄土"语,都作放手叹世用,此翻作血热头痒用,大奇。

【注释】

①此文为金圣叹评杜甫《阁夜》,原无题,据诗题拟。

②景短:此处指岁末昼短。景,日光,太阳。

③霁(jì):雨雪停止,天放晴。

④湛(zhàn)然:此处指雪后清寒的样子。

⑤刘越石、祖士稚:即刘琨、祖逖,二人都是东晋主张北伐中原、恢复旧物的志士。枕戈待旦、闻鸡起舞、中流击楫等成语均与二人心存壮志有关,事见《晋书》之《刘琨传》《祖逖传》。

⑥心事:刘琨、祖逖心事,即北伐中原、恢复旧物。此指杜甫也心存此志,渴望平息战乱,国家统一安定。

⑦鼓角：古代军中用以发号施令的战鼓和号角。
⑧东方朔：字曼倩，西汉文学家。他性格诙谐，滑稽多智，后人有不少假托其名之作。
⑨星辰动摇，民劳之应：语出《汉武故事》："星辰动摇，东方朔谓：民劳之应。"但《汉武故事》介于杂史与笔记小说之间，所记未必皆史实，此语是否东方朔所言，尚难定论。
⑩先生：指杜甫。
⑪卧龙跃马：此处以卧龙、跃马泛指曾在蜀地建功立业者。卧龙，指诸葛亮。跃马，指公孙述，字子阳。两汉之际，天下纷扰，群雄竞起，公孙述据蜀称帝，后为东汉所灭。
⑫转盼：转瞬，转眼。

【赏读】

时事危急，急至于此；人事迟误，迟至于此。每每见此，扼腕不敢出声。

附：

阁夜

岁暮阴阳催短景，天涯霜雪霁寒宵。
五更鼓角声悲壮，三峡星河影动摇。
野哭千家闻战伐，夷歌几处起渔樵。
卧龙跃马终黄土，人事音书漫寂寥。

园①

题止一"园"字,诗补出"仲夏"②字。前一解,都从仲夏生情。

陶公③云:"园日涉以成趣④。"园于我何有?只因今日涉、明日涉,便涉出趣来。若此园,竟为我之不可少。凡境皆然,陶公寓意不浅。先生⑤此诗,乃言为避喧故,正不妨一涉耳。

> 仲夏流多水,清晨向小园。碧溪摇艇阔,朱果烂枝繁。

碧溪摇艇,岂比要津⑥;朱果烂枝,绝胜华禄。如此佳处,人之所弃,天之所留也,故下半接云云。

> 始为江山静,终防市井喧。畦蔬绕茅屋,自足媚盘餐。

除却江山,都成市井。⑦言始意只是陶然取乐,既而乃知此外皆忧。然则绕屋菜蔬,盘餐已足,必欲逐喧而求升斗,又独何心也耶?

【注释】

①此文为金圣叹评杜甫《园》,原无题,据诗题拟。

②仲夏:古人将夏日分为孟夏、仲夏、季夏,是仿古人兄弟排行而来。仲夏是夏季第二月,一般指农历五月。此处亦可泛指盛夏时节。

③陶公:即陶渊明,一名潜,字元亮,号五柳先生,私谥"靖节"。陶渊明是中国古代著名诗人,田园诗派之宗,其不为五斗米折腰的傲骨精神,极为后世称道。

④园日涉以成趣:语出陶渊明《归去来兮辞》:"园日涉以成趣,门虽设而常关。策扶老以流憩,时矫首而遐观。云无心以出岫,鸟倦飞而知还。景翳翳以将入,抚孤松而盘桓。"日,每日。涉,入,指入园散步。成趣,自成佳趣。

⑤先生:指杜甫。

⑥要津:重要的渡口。

⑦"除却"二句:陆游《累日文符沓至怅然有感三首·其三》曰:"三十年为一世人,孤城梦断洛阳尘。强颜懒复看人面,何地真堪著此身。白骨久埋金谷友,黄花尚醉葛天民。严光钓濑虽亡恙,除却江山万事新。"表达了自己身在官场,为文牍所累之苦。金氏此语或化用最后一句,意即除了江山社稷、官场文牍等事,处处都可称为生活中的意趣。

【赏读】

尘世纷杂，小园可爱。中国古代园林文化蔚为大观，天下名园固然令人向往，但身边俯仰可见的小园未尝不耐人寻味？若是能在人之所弃之处，忽见天之所留之美，岂不快哉？漫步小园间，洗尽俗世尘。

附：

园

仲夏流多水，清晨向小园。
碧溪摇艇阔，朱果烂枝繁。
始为江山静，终防市井喧。
畦蔬绕茅屋，自足媚盘餐。

见萤火①

题是"见萤火",诗却从"见"字写出。后解云"沧江白发愁看汝②",写其"见",正写其"愁"也。

巫山秋夜萤火飞,疏帘巧入坐人衣。忽惊屋里琴书冷,复乱檐前星宿稀。

全诗作"见"字。"巫山"③,见萤火飞之处;"秋夜",见萤火飞之时。"疏帘巧入"者,山中秋夜早凉,人便不能露坐,故坐疏帘之内,萤火也飞进屋里来,点人衣上而不去。"坐"者,言其不去。以疏帘而萤能穿入,是其"巧"也。"屋里琴书冷",用"忽惊"字,妙。天热,萤在空野处飞,今见其入屋,必且惊曰:"天又冷起来了!""檐前星宿稀"而曰"乱"者,萤火即飞出屋,亦不离檐之上下。秋夜星疏,檐前可数,萤火飞来飞去,是乱星宿也。

却绕井栏添个个,偶经花蕊弄晖晖。沧江白发愁看汝,来岁如今归不归?

井是露井,井上有栏,萤火只在井边飞绕。初然一个,继而又一个,复又一个,"添"字摹神。花蕊必在露地,萤畏冷,不飞去。或偶飞到花蕊上,光照花蕊,见他一亮一亮,若相接,若不相接,不似夏天亮得通彻也。"弄"字摹神。"沧江白发",字法对映,正写"愁"字,言汝方秋冷无光,我正年衰发白,汝之行径与我行径相似,所以愁见汝也。汝生于巫山,今秋如是,明岁亦然。我却是借寓,虽归心日迫,而归期杳然。今岁已无论④矣,来岁如今,不知我行踪何处。我若归,不得见汝;若不归,仍要见汝。我今日正愁见汝,然我亦安得归不见汝哉?

【注释】

①此文为金圣叹评杜甫《见萤火》,原无题,据诗题拟。

②汝:原诗中指萤火,用拟人的手法,增添了萤火的灵动,更加突显了下文萤火与人的一动一静、一永恒一短暂的感慨。

③巫山:位于重庆、湖北两省市交界处。因山势曲折盘错,形如"巫"字,故名。杜甫作此诗时正漂泊在夔州,近巫山,故称。

④无论:不用说,不必说。

【赏读】

由夏转秋,譬如人由盛转衰(青壮年转中老年),其味苦,其气凉。

初秋,表面上看似仍在盛夏,但其早晚之凉,早已掩杀了夏虫的鸣叫。夏虫哪里去了呢?此是题中应有之义,何必明言。夏虫的鸣叫让炎夏中的人感到烦躁,一阵秋风,一阵肃静。

但夏虫不鸣是暂时的,明夏复来,而人将何在呢?

附:

见萤火

巫山秋夜萤火飞,疏帘巧入坐人衣。

忽惊屋里琴书冷,复乱檐前星宿稀。

却绕井栏添个个,偶经花蕊弄晖晖。

沧江白发愁看汝,来岁如今归不归?

卷三 贯华堂第六才子书西厢记

文章最妙,
是此一刻被灵眼觑见,
便于此一刻放灵手捉住。

恸哭古人[①]

窗明几净，此何处也？人曰此处，我亦谓之此处也。风清日朗，此何日也？人曰今日，我亦谓之今日也。蜂穿窗而忽至，蚁缘槛[②]而徐行[③]，我不能知蜂蚁，蜂蚁亦不知我。我今日而暂在[④]，斯蜂蚁亦暂在，我倏忽[⑤]而为古人，则是此蜂亦遂为古蜂，此蚁亦遂为古蚁也。我今日天清日朗，窗明几净，笔良砚精，心撰手写，伏承[⑥]蜂蚁来相照证，此不世[⑦]之奇缘，难得之胜乐也。若后之人之读我今日之文，则真未必知我今日之作此文时，又有此蜂与此蚁也。夫后之人而不能知我今日之有此蜂与此蚁，然则后之人竟不能知我之今日之有此我也。

后之人之读我之文者，我则已知之耳，其亦无奈水逝云卷[⑧]，风驰电掣，因不得已而取我之文，自作消遣云尔。后之人之读我之文，即使其心无所不得已，不用作消遣，然而我则终知之耳，是其终亦无奈水逝云卷、风驰电掣者耳。我自深悟夫误亦消遣法也，不

误亦消遣法也，不误不妨仍误亦消遣法也，是以如是其刻苦也。刻苦也者，欲其精妙也；欲其精妙也者，我之孟浪⑨也；我之孟浪也者，我既了悟⑩也；我既了悟也者，我本无谓⑪也；我本无谓也者，仍既我之消遣也。

我安计后之人之知有我与不知有我也？嗟乎！是则古人十倍于我之才识也，我欲恸哭之，我又不知其为谁也，我是以与之批之刻之也。我与之批之刻之，以代恸哭之也。夫我之恸哭古人，则非恸哭古人，此又一我之消遣法也。

【注释】

①节选自金圣叹批评《西厢记》序一《恸哭古人》。恸哭，放声痛哭，号啕大哭。

②缘槛：沿着门槛或栏杆。槛，指门槛或栏杆等。

③徐行：缓行。此处指蚂蚁慢慢地爬行。

④暂在：暂时存在。指某个具体的生命个体相对于历史长河而言，都是暂时的。

⑤倏忽：顷刻。表示时间极短或速度极快。

⑥伏承：谦辞，表示恭敬地接受。此处表示蜂蚁来相照证，是不世之奇缘，难得之胜乐，因而恭敬地接受这种奇缘、胜乐。

⑦不世:一世所无。形容独一无二,极不平凡。

⑧水逝云卷:像水一样流逝,像云一样舒卷。与下句"风驰电掣"一样,都是形容时间极短、速度极快。

⑨孟浪:语出《庄子·齐物论》:"夫子以为孟浪之言,而我以为妙道之行也。"此处当指疏阔而不精要,与"精妙"相对。

⑩了悟:明白,领悟。

⑪无谓:此处当指没有明确的目的性。

【赏读】

人类历史长河已有数百万年之久,然而有谁从人类历史的起源一路看到了现在呢?没有。但在这数百万年之间,每个生命个体都是自己历史的书写者,他们所书写的历史都已经成为永恒,任凭谁也不可能抹去。将这些历史串联起来,也便是一部人类历史长河。这就是苏东坡在《赤壁赋》中所感叹的:"自其变者而观之,则天地曾不能以一瞬;自其不变者而观之,则物与我皆无尽也。"

在这"变"与"不变"并存的历史长河中,如何才能使"一瞬"成为"无尽"呢?一瞬之变者,往往是物质性的,而无尽之不变者,往往是精神性的。中华文明源远流长,虽然也时遭浴火之厄运,但往往更能成就涅槃之凤凰。在这浴火而重生之中,有不少舍身护书、因书遭难的沉痛故事,但像圣叹这样,既以保存古代优秀传统文化为己任,又能将其当作人生的一大消遣法,将传承文化与自我升华完美结合,使之成为人生不可分割的部分,能以这样的方法消遣一生,夫复何求?

留赠后人①

后人之必好读书，读书者必仗光明②。光明者，照耀其书所以得读者也。我请得为光明，以照耀其书而以为赠之。则如日月，天既有之，而我又不能以其身为之膏油③也，可奈何！

后之人既好读书，读书者必好友生④。友生者，忽然⑤而来，忽然而去；忽然而不来，忽然而不去。此读书而喜，则此读之令彼听之；此读书而疑，则彼读之令此听之，既而并读之，并听之；既而并坐不读，又大欢笑之者也。我请得为友生并坐并读，并听并笑，而以为赠之。则如我之在时，后人既未及来，至于后人来时，我又不复还在也，可奈何！

后之人既好读书，又好友生，则必好彼名山大河、奇树妙花。名山大河、奇树妙花者，其胸中所读之万卷之书之副本也。于读书之时，如入名山，如泛大河，如对奇树，如拈妙花⑥焉。于入名山、泛大河、对奇树、拈妙花之时，如又读其胸中之书焉。

后之人既好读书，又好友生，则必好于好香⑦、好茶、好酒、好药。好香、好茶、好酒、好药者，读书之暇，随意消息⑧，用以宣导沉滞⑨、发越清明⑩、鼓荡中和⑪、补助荣华⑫之必资也。我请得化身百亿，既为名山大河、奇树妙花，又为好香好茶、好酒好药，而以为赠之。则如我自化身于后人之前，而后人乃初不知此之为我之所化也，可奈何！

后之人既好读书，必又好其知心青衣⑬。知心青衣者，所以霜晨雨夜，侍立于侧，异身同室，并兴齐住者也。我请得转我后身⑭便为知心青衣，霜晨雨夜，侍立于侧，而以为赠之。则如可以鼠肝，又可以虫臂⑮，伟哉造化，且不知彼将我其奚适⑯也，可奈何！

无已，则请有说于此，择世间之一物，其力必能至于后世者；择世间之一物，其力必能至于后世，而世至今犹未能以知之者；择世间之一物，其力必能至于后世，而世至今犹未能以知之，而我适能尽智竭力，丝毫可以得当于其间者。

夫世间之一物，其力必能至于后世者，则必书也；夫世间之书，其力必能至于后世，而世至今犹未能以知之者，则必书中之《西厢记》也；夫世间之书，其力必能至于后世，而世至今犹未能以知之，而我适能尽智竭力，丝毫可以得当于其间者，则必我比日⑰所批之《西厢记》也。夫我比日所批之《西厢记》，我则真为后之人思我，而我无以赠之，故不得已而出于斯也。我真不知作《西厢记》者之初心，其果如是，其果不如是也。设其果如是，谓之今日始见《西厢记》可；设其果不如是，谓之前日久见《西厢记》，今日又别见圣叹《西厢记》可。总之，我自欲与后人少作周旋，我实何曾为彼古人致其矻矻⑱之力也哉！

【注释】

①节选自金圣叹批评《西厢记》序二《留赠后人》。

②光明：此处指物理意义上的光亮。

③膏油：灯油。此指用以发光发亮之物。

④友生：指朋友，亦可指对门生的谦称。此处似后者较为符合文意。

⑤忽然：此处当有偶然、不确定之意。

⑥拈妙花：当有借用佛教"拈花微笑"典故之用意。拈，用手指头夹。

⑦好香：指质量上乘的香，而非形容词。香，有香味的原料或制成品。

⑧消息：消长，生灭。指好香、好茶、好酒、好药相佐读书消遣。

⑨宣导沉滞：宣泄、排解沉郁的情绪。

⑩发越清明：使清朗的心情、思绪得以散播。

⑪鼓荡中和：鼓动激荡中庸平和之气。
⑫补助荣华：滋补容颜，延缓衰老。
⑬青衣：此处指奴仆、奴婢。
⑭后身：即来生。
⑮鼠肝、虫臂：比喻极其微末轻贱的人或物。
⑯奚适：即何适。到哪里去呢？
⑰比日：连日。
⑱矻矻（kū kū）：辛勤劳作的样子。

【赏读】

人生一世，草木一秋，但雁过留声，人过留名，总不能就这么浑浑噩噩地过一生，不仅不能浑浑噩噩地过一生，还要努力留赠后人。

留赠后人些什么呢？毛子水先生为胡适先生题写的墓志铭说："我们相信形骸终要化灭，陵谷也会变易，但现在墓中这位哲人所给予世界的光明，将永远存在。"诚然，物质终究消亡，唯有思想永存。

书是思想的载体，书的形态也会变化，但书所承载的思想永恒不变。如果创作一部与自己相合为一的书，与之一起流传千古，达到书即是我、我即是书的境界，这该是一件多么美妙的事啊！

读《西厢记》法·奇书①

《世说新语》云:"《庄子·逍遥游》一篇,旧是难处。②"开春无事,不自揣度③,私与陈子瑞躬④,风雨联床⑤,香炉酒杯,纵心纵意⑥,处得一上⑦。自今以后,普天下锦绣才子,同声相应,领异拔新,我二人便做支公、许史⑧去也。

圣叹本有"才子书"六部⑨,《西厢记》乃是其一。然其实六部书,圣叹只是用一副手眼读得。如读《西厢记》,实是用读《庄子》《史记》手眼读得;便读《庄子》《史记》,亦只用读《西厢记》手眼读得。如信仆⑩此语时,便可将《西厢记》与子弟作《庄子》《史记》读。

子弟读得此本《西厢记》后,必能自放异样手眼,另去读出别部奇书。遥计一二百年之后,天地间书,无有一本不似十日并出,此时则彼一切不必读、不足读、不耐读等书，亦既废尽矣，真一大快事也！然实是此本《西厢记》为始。

文章最妙，是目注此处，却不便写，却去远远处发来，迤逦⑪写到将至时，便且住，却重去远远处更端再发来，再迤逦又写到将至时，便又且住。如是更端数番，皆去远远处发来，迤逦写到将至时，即便住，更不复写出目所注处，使人自于文外瞥然⑫亲见。《西厢记》纯是此一方法。《左传》《史记》亦纯是此一方法。最恨是《左传》《史记》急不得呈教。

【注释】

①节选自金圣叹批评《西厢记》之《读第六才子书西厢记法》，题据选段内容自拟。所选文段在原文中并不相连，此处也据文意黏合一处。每段前原有序号，今略。

②"《庄子·逍遥游》"二句：语出《世说新语·文学》："《庄子·逍遥游》，旧是难处。诸名贤所可钻味，而不能拔理于郭、向之外。支道林在白马寺中，将冯太常共语，因及逍遥。支卓然标新理于二家之表，立异义于众贤之外，皆是诸名贤寻味之所不得。后遂用支理。"旧是难处，向来是一个难点。

③不自揣度：忍不住自己揣测、琢磨。

④陈子瑞躬：名躬，字子瑞，生平未详。

⑤风雨联床：即联床风雨，旧指好友相聚，倾心交谈。

⑥纵心纵意：敞开心扉，畅谈心怀。

⑦处得一上：此处当指圣叹与其友陈子瑞对《庄子·逍遥游》作了一番颇为自得的理解。

⑧支公、许史：指支遁、许询。支遁，字道林，世称"支公"，东晋高僧、佛学家、文学家。许询，字玄度，东晋诗人。二人友善，皆善谈佛、谈玄。本文前注②引《世说新语·文学》，支遁对《逍遥游》有过标新领异的见解，成为后世常引的观点。《世说新语·文学》另有："支道林、许掾诸人共在会稽王斋头，支为法师，许为都讲。支通一义，四坐莫不厌心；许送一难，众人莫不抃舞。但共嗟咏二家之美，不辩其理之所在。"

⑨"才子书"六部：金圣叹以《庄子》《离骚》《史记》《杜工部集》《水浒传》《西厢记》为"六才子书"，并逐一加以评点，实际全部完成的只有《水浒传》《西厢记》的评点，其余均未完成。此外，圣叹另有《天下才子必读书》之选。其友徐增为《天下才子必读书》作序，序中对圣叹选批才子书之动机、选批之过程有详细记述，可堪会心之论。此序详见本书所选附录"他者眼中之圣叹"部分。

⑩仆：男子自称的谦辞。

⑪迤逦（yǐ lǐ）：曲折连绵。此处用以形容文章作法。

⑫瞥（piē）然：忽然，迅速地。

【赏读】

世间有奇书,更须有奇人。无奇人,奇书何以出;无奇书,奇人何以传?《西厢记》,奇书也;金圣叹,奇人也。使《西厢记》不遇金圣叹,《西厢记》仍是《西厢记》,然非是今日之奇书《西厢记》;使金圣叹不遇《西厢记》,金圣叹仍是金圣叹,然非是今日之奇人金圣叹。《西厢记》而遇金圣叹,始成今日之奇书《西厢记》;金圣叹遇《西厢记》,始成今日之奇人金圣叹。

读《西厢记》法·灵感[①]

文章最妙,是此一刻被灵眼[②]觑见[③],便于此一刻放灵手[④]捉住。盖于略前一刻亦不见,略后一刻便亦不见,恰恰不知何故,却于此一刻忽然[⑤]觑见,若不捉住,便更寻不出。今《西厢记》若干文字,皆是作者于不知何一刻中,灵眼忽然觑见,便疾[⑥]捉住,因而直传到如今。细思万千年以来,知他有何限妙文,已被觑见,却不曾捉得住,遂总付之泥牛入海,永无消息。

今后任凭是绝代才子,切不可云:"此本《西厢记》,我亦做得出也。"便教当时作者而在,要他烧了此本,重做一本,已是不可复得。纵使当时作者,他却是天人,偏又会做得一本出来,然既是别一刻所觑见,便用别样捉住,便是别样文心,别样手法,便别是一本,不复是此本也。

仆尝粥时[⑦]欲作一文,偶以他缘[⑧]不得便作,至于饭后方补作之,仆便可惜粥时之一篇也。此譬如掷骰相似,略早略迟,略轻略重,略东略西,便不是此六色,而愚之夫尚欲争之,真是可发一笑!

仆之为此言,何也?仆尝思万万年来,天无日无云,然决无今日云与某日云曾同之事。何也?云只是山川所出之气,升到空中,却遭微风,荡作缕缕。既是风无成心,便是云无定规,都是互不相知,便乃偶尔如此。《西厢记》正然,并无成心之与定规,无非此日,佳日闲窗,妙腕良笔,忽然无端⑨,如风荡云。若使异时更作,亦不妨另自有其绝妙。然而无奈此番已是绝妙也,不必云异时不能更妙于此,然亦不必云异时尚将更妙于此也。

仆幼年曾闻人说一笑话,云:昔一人苦贫特甚,而生平虔奉⑩吕祖⑪。感其至心,忽降其家,见其赤贫⑫,不胜悯之,念当有以济之。因伸一指,指其庭中磐石⑬,粲然化为黄金,曰:"汝欲之乎?"其人再拜曰:"不欲也。"吕祖大喜,谓:"子诚如此,便可授子大道。"其人曰:"不然,我心欲汝此指头耳。"仆当时私谓此固戏论耳,若真是吕祖,必当便以指头与之。今此《西厢记》,便是吕祖指头,得之者处处遍指,皆作黄金。

【注释】

①节选自金圣叹批评《西厢记》之《读第六才子书西厢记法》，题据选段内容自拟。所选文段在原文中并不相连，此处也据文意黏合一处。每段前原有序号，今略。

②灵眼：慧眼，形容具有独到的眼力。

③觑（qù）见：看见。

④灵手：妙手，形容迅速而准确的捕捉能力。

⑤忽然：此处形容极为迅速的动作。

⑥疾：迅速，极速。

⑦仆尝粥时：我曾经在喝粥时。尝，曾经。粥，此处名词作动词，喝粥。

⑧他缘：其他原因，其他缘故。

⑨无端：无缘无故，此处指灵感没有具体明确的来由。

⑩虔（qián）奉：恭敬地供奉。

⑪吕祖：指吕洞宾，字洞宾，号纯阳子，道教全真派祖师。关于他的民间故事、戏曲、小说极多。

⑫赤贫：形容穷得一无所有。

⑬磐石：厚而大的石头。

【赏读】

灵感难以名状，但确实存在；灵感更难以捉摸，但确实存在。圣叹说得好，这是一种"略早略迟，略轻略重,略东略西,便不是此六色"的机缘,只在刹那间。凡是爱写作的人,大概对这种只能意会、不可言传的感觉都深有体会。

读《西厢记》法·人物①

《西厢记》止写得三个人：一个是双文②，一个是张生，一个是红娘。其余如夫人，如法本，如白马将军，如欢郎，如法聪，如孙飞虎，如琴童，如店小二，他俱不曾着一笔半笔写，俱是写三个人时，所忽然③应用之家伙耳。

譬如文字，则双文是题目，张生是文字，红娘是文字之起承转合④。有此许多起承转合，便令题目透出文字，文字透入题目也。其余如夫人等，算只是文字中间所用之、乎、者、也⑤等字。

譬如药，则张生是病，双文是药，红娘是药之炮制。有此许多炮制，便令药往就病，病来就药也。其余如夫人等，算只是炮制时所用之姜、醋、酒、蜜等物。

若更仔细算时,《西厢记》亦止为写得一个人。一个人者,双文是也。若使心头无有双文,为何笔下却有《西厢记》?《西厢记》不止为写双文,止为写谁?然则《西厢记》写了双文,还要写谁?

《西厢记》止为要写此一个人,便不得不又写一个人。一个人者,红娘是也。若使不写红娘,却如何写双文?然则《西厢记》写红娘,当知正是出力写双文。

《西厢记》所以写此一个人者,为有一个人要写此一个人也。有一个人者,张生是也。若使张生不要写双文,又何故写双文?然则《西厢记》又有时写张生者,当知正是写其所以要写双文之故也。

诚悟《西厢记》写红娘止为写双文,写张生亦止为写双文,便应悟《西厢记》决无暇写他夫人、法本、杜将军等人。

【注释】

①节选自金圣叹批评《西厢记》之《读第六才子书西厢记法》,题据选段内容自拟。所选文段每段前原有序号,

今略。

②双文：指崔莺莺。其以两个相同的字"莺莺"为名，故称。与今日所言"叠名"之意相近。

③忽然：此处当作偶然、偶尔之意。

④起承转合：古代作文方法之一，泛指写文章的方法。此处用以形容红娘在《西厢记》中的地位和作用。起，开头、入题；承，承接；转，转折；合，结尾。

⑤之、乎、者、也：文言中的虚词，此处用以形容次要人物。

【赏读】

人物既是戏曲、小说的依托，也是灵魂。我们评价某部戏曲、小说，认为其写得如何好时，一定会认为其人物塑造之高妙，反之，一部人物塑造不高妙的戏曲、小说，很难成为精品。何以如此呢？戏曲、小说之写人，非止于写人，乃在于写心，其所写之人，不过是作者欲写之心也。

读《西厢记》法·读法[①]

《西厢记》必须扫地读之。扫地读之者,不得存一点尘于胸中也。

《西厢记》必须焚香读之。焚香读之者,致其恭敬,以期鬼神之通之也。

《西厢记》必须对雪读之。对雪读之者,资其洁清也。

《西厢记》必须对花读之。对花读之者,助其娟丽也。

《西厢记》必须尽一日一夜之力,一气读之。一气读之者,总揽其起尽也。

《西厢记》必须展半月一月之功,精切读之。精切读之者,细寻其肤寸也。

《西厢记》必须与美人对坐读之。与美人并坐读之者,验其缠绵多情也。

《西厢记》必须与道人对坐读之。与道人对坐读之者,叹其解说无方也。

圣叹批《西厢记》是圣叹文字,不是《西厢记》文字。

天下万世锦绣才子,读圣叹所批《西厢记》,是天下万世才子文字,不是圣叹文字。

读《西厢记》毕,不取大白[②]酬地[③]赏作者,此大过也。

读《西厢记》毕,不取大白自赏[④],此大过也。

【注释】

①节选自金圣叹批评《西厢记》之《读第六才子书西厢记法》,题据选段内容自拟。所选文段在原文中并不相连,

此处也据文意黏合一处。每段前原有序号,今略。

②大白:一大杯酒,泛指畅饮。

③酬地:以酒祭奠土地。

④自赏:此处指自己犒劳自己。

【赏读】

读《西厢记》法共八十一条,条条精到,但越是到这最后的几条,越是字字点中要害,当真有寸铁杀人之感。

著书之人①

夫天下后世之读我书者,彼岂不悟此一书中,所撰为古人名色,如君瑞②、莺莺、红娘、白马③,皆是我一人心头口头吞之不能,吐之不可,搔爬无极,醉梦恐漏,而至是终竟不得已,而忽然巧借古之人之事以自传,道其胸中若干日月以来,七曲八曲之委折乎?其中如径斯曲④,如夜斯黑,如绪斯多,如糵⑤斯苦,如痛斯忍,如病斯讳。设使古人昔者真有其事,是我今日之所决不与知,则今日我有其事,亦是昔者古人之所决不与知者也。

夫天下后世之读我书者,彼则深悟君瑞非他君瑞,殆即著书之人焉是也;莺莺非他莺莺,殆即著书之人之心头之人焉是也;红娘、白马悉复非他,殆即为著书之人力作周旋之人⑥焉是也。

【注释】

①节选自金圣叹批评《西厢记》第一折《惊艳》之总

批。原无题,据文意拟。

②君瑞:即张生,名珙,字君瑞。

③白马:即白马将军杜确,张生之友,助其平定孙飞虎之乱。

④如径斯曲:如此曲折的路。斯,如此,这样。以下几个词均是同样的结构。

⑤蘖(niè):原指被砍去或倒下的树木再生的枝,泛指植物近根处长出的分枝。此处引申为生芽的米。

⑥力作周旋之人:即与著者交往较深之人。周旋,此处当指交往、相从。

【赏读】

文学之所以为人学,盖其由人所写而写人者也。文学既由人所写,则不能不与写之人有莫大之关联;文学既写人,则又不能不与所写之人有莫大之关联;文学既由人而写人,则写之人与所写之人又不能不有莫大之关联。或曰:《红楼梦》系自叙传。曰:自叙传者,岂止《红楼梦》耶?

用笔①

吾尝遍观古今人之文矣，有用笔而其笔不到者，有用笔而其笔到者，有用笔而其笔之前、笔之后、不用笔处无不到者。夫用笔而其笔不到，则用一笔而一笔不到，虽用十百千乃至万笔，而十百千万笔皆不到也，兹若人②毋宁③不用笔④可也。用笔而其笔到，则用一笔，斯一笔到；再用一笔，斯一笔又到。因而用十百千万乃至万笔，斯万笔并到，如先生⑤是真用笔人也。

若夫用笔而其笔之前、笔之后、不用笔处无处不到，此人以鸿钧为心，造化为手，阴阳为笔，万象为墨。心之所不得至，笔已至焉；笔之所不得至，心已至焉。笔所已至，心遂不必至焉；心所已至，笔遂不必至焉。读其文，其文如可得而读也，然而能读者，读之而读矣；不能读者，读之而不曾读也。何也？其文则在其文之前、之后、之四面，而其文反非也。故用笔而其笔不到者，如今世间横灾梨枣⑥之一切文集是也；用笔而其笔到者，如世传韩、柳、欧、王、三苏⑦

之文是也。若用笔而其笔之前后、不用笔处无不到者，舍《左传》吾更无与归也！

《左传》之文，庄生有其骀宕[8]，《孟子》七篇有其奇峭[9]，《国策》有其匪致[10]，太史公有其龘縰[11]。夫庄生、《孟子》、《国策》、太史公又何足多道，吾独不意《西厢记》，传奇也，而亦用其法。然则作《西厢记》者，其人真以鸿钧为心，造化为首，阴阳为笔，万象为墨者也。

【注释】

①节选自金圣叹批评《西厢记》第二折《借厢》之总批。原无题，据文意拟。

②兹若人：像这样的人。

③毋宁：不如。

④不用笔：不动笔，不写文章。此处与前文"有用笔而其笔之前、笔之后、不用笔处无不到者"的"不用笔处"有所不同，"不用笔处"是指文章写作中不着笔墨、故意留白之处。

⑤先生：指《西厢记》作者王实甫。

⑥横灾梨枣：指世间不应被刊刻却被刊刻的书，即文笔低劣的书。横灾，意外的祸患。梨枣，刊刻出版书籍，因旧时刻书多用梨木枣木而得名。

⑦韩、柳、欧、王、三苏：分别指韩愈、柳宗元、欧阳

修、王安石、苏洵、苏轼、苏辙,唐宋最著名的散文大家,均名列"唐宋八大家"。

⑧骀宕(dài dàng):同"骀荡",舒缓荡漾的样子。

⑨奇峭:此处形容笔势雄健。

⑩匝致:周致,周密。

⑪巄嵷(lóng zōng):原指山势高峻,此处用以形容《史记》笔法雄深雅健。

【赏读】

同一支笔,或妙笔生花,或味同嚼蜡,笔同而人不同也。世间之文,概而论之,即有我之文与无我之文。文而有我,则其用笔而其笔之前、笔之后、不用笔处无处不到;文而无我,则其用笔而其笔不到,则用一笔而一笔不到,虽用十百千乃至万笔,而十百千乃至万笔皆不到,如此用笔,实不如不用笔也。故笔之到与不到,其要害在有我与无我也。

极微①

曼殊室利菩萨②好论极微③,昔者圣叹闻之而甚乐焉。夫娑婆世界④,大至无量由延⑤,而其故乃起于极微。以至娑婆世界中间之一切所有,其故无不一一起于极微。此其事甚大,非今所得论。今者止借菩萨极微之一言,以观行文之人之心。

今夫清秋傍晚,天澄地彻,轻云鳞鳞⑥,其细若縠⑦,此真天下之至妙也。野鸭成群空飞,渔者罗而致之,观其腹毛,作浅墨色,鳞鳞然,犹如天云,其细若縠,此又天下之至妙也。草木之花,于跗萼⑧中,展而成瓣,苟以闲心谛视其瓣,则自根至末,光色不定,此一天下之至妙也。灯火之焰,自下达上,其近穗⑨也,乃作淡碧色;稍上,作淡白色;又上,作淡赤色;又上,作乾红⑩色;后乃作黑烟,喷若细沫,此一天下之至妙也。

今世人之心,竖高横阔,不计道里⑪;浩浩荡荡,不辨牛马。设复有人语以此事,则且开胸大笑,以为人生一世，贵是衣食丰盈，其何暇费尔许心计哉？不知此固非不必费之闲心计也。

【注释】

①节选自金圣叹批评《西厢记》第三折《酬韵》之总批。原无题，据文意拟。

②曼殊室利菩萨：即文殊菩萨，均为音译，意译为妙德、妙吉祥、妙乐、法王子，佛教四大菩萨之一，是大智慧的象征，道场为山西五台山。

③极微：佛教语。梵文的意译，音译"阿拏""阿菟""阿耨"，指色的最小单位。《俱舍论》："分析诸色至一极微，故一极微为色极少。"下文第二段所举的轻云、野鸭，草木之花、灯火之焰，都是为了说明极微之妙。

④娑婆（suō pó）世界：佛教语。梵文音译，意为"堪忍"。"娑婆世界"又名"忍土"，系释迦牟尼所教化的三千大千世界的总称。此处泛指世间万物。

⑤无量由延：不可计算，没有限度。无量，无限，不可计量。由延，即由旬，古印度的计程单位。

⑥轻云鳞鳞：轻云显示出像鱼鳞一样的层次感。

⑦縠（hú）：轻薄有皱的纱。

⑧跗萼（fū è）：指花萼与子房，亦借指花朵。

⑨穗：即灯穗，指灯花。

⑩乾红：深红。

⑪道里：原指里程，此泛指长距离。

【赏读】

法国雕塑家罗丹说："世界上从不缺少美，而是缺少发现美的眼睛。"此语在快餐文化、粗线条文化大行其道的当下，显得尤为沉重。在须臾不可停的匆忙脚步和指尖里，人们错过了多少极微至妙的美。

读书种子①

记得圣叹幼年初读《西厢》时,见"他不偢人待怎生"②之七字,悄然废书③而卧者三四日。此真活人于此可死,死人于此可活,悟人④于此又迷,迷人⑤于此又悟者也!不知此日圣叹是死是活,是迷是悟,总之悄然一卧至三四日,不茶不饭,不言不语,如石沉海,如火灭尽者,皆此七字勾魂摄魄之气力也。先师⑥徐叔良先生见而惊问,圣叹当时恃爱不讳⑦,便直告知。先师不惟不嗔⑧,乃反叹曰:"孺子异日⑨真是世间读书种子⑩!"此又不知先师是何道理也。

【注释】

①节选自金圣叹批评《西厢记》第三折《酬韵》之夹批。原无题,据文意拟。

②他不偢(chǒu)人待怎生:语出《西厢记》第三折《酬韵》张生见到莺莺之后的自白,意为她不理我该怎么办啊。偢,同"瞅"。

③废书:放下书,多指因读书引起某种情绪而暂时无法继续阅读。

④悟人:彻悟的人,不执迷的人。

⑤迷人:此处指执迷的人,不彻悟的人。与"悟人"相对。

⑥先师:指已故的老师。

⑦恃爱不讳:仗着老师对自己的宠爱而不隐瞒。

⑧不惟不嘆:不但没有生气。

⑨异日:他日,日后。

⑩读书种子:指不仅善于读书治学,而且能将读书治学的精神传承后世的人。"读书种子"最早出于何人之口,似有争议。周密《齐东野语》卷二十之"书种文种"条:"裴度常训其子云:'凡吾辈但可令文种无绝,然其间有成功,能致身万乘之相,则天也。'山谷云:'四民皆坐世业,士大夫子弟能知忠、信、孝、友,斯可矣,然不可令读书种子断绝。有才气者出,便可名世矣。'"可知出于北宋黄庭坚(号山谷)之口,与裴度"文种"之说相呼应。而罗大经在所著《鹤林玉露》乙编卷之五中有:"周益公云:汉二献皆好书,而其传国皆最远。士大夫家,岂可使读书种子衰息乎?"据此,则出于南宋周必大(封益国公)之口。根据著(编)者的生活时代,罗大经(1196~约1252)早于周密(1232~约1298),但根据被称引者的生活时代,黄庭坚(1045~1105)早于周必大(1126~1204),未知何者更早,附识备考。

【赏读】

"十年寒窗无人问,一举成名天下知。"读书难,识读书种子更难。一举成名天下知不难,难在识其在十年寒窗无人问之时。纵观古今中外,凡有所成事者,多有一位识其在无人问之时的贵人。世间读书种子固然少,而能识其在无人问之时的贵人更是凤毛麟角。

庐山①

吾友斫山先生②尝谓吾言："匡庐③真天下之奇也。江行连日，初不在意，忽然于晴空中劈插翠嶂，平分其中，倒挂匹练④。舟人惊告，此即所谓庐山也者，而殊未得至庐山也。更行两日，而渐乃不见，则反已至庐山矣。"

吾闻而甚乐之，便欲往看之，而迁延未得也。盖贫无行资，一也；苦到彼中无东道主人，二也；又贱性懒散，略闲坐便复是一年，三也。然中心则殊无一日曾置不念，以至夜必形诸梦寐⑤，常不一日二日，必梦见江行如驶，仰睹青芙蓉上插空中，一一如斫山言。寐而自觉遍身皆畅然焉。

后适有人自西江来，把袖急叩之，则曰："无有是也。"吾怒曰："伧固不解也！"后又有人自西江⑥来，又把袖⑦急叩之，又曰："无有是也。"吾又怒曰："此又一伧⑧也！"既而人苟自西江来，皆叩之，则言然、不然各半焉。

吾疑，复问斫山。斫山哑然失笑，言："吾亦未尝亲见。昔者多有人自西江来，或言如是云，或亦言不如是云。然吾于言如是者，即信之；言不如是者，置不足道焉。何则？夫使庐山而诚如是，则是吾之信其人之言为真不虚也；设苟庐山而不如是，则是天地之过也。诚天地之大力，天地之大慧，天地之大学问，天地之大游戏，即亦何难设此一奇以乐我后人，而顾吝不出此乎哉！"

吾闻而又乐之，中心⑨忻忻⑩，直至于今，不惟夜必梦之，盖日亦往往遇之。何谓日亦往往遇之？吾于读《左传》往往遇之，吾于读《孟子》往往遇之，吾于读《史记》《汉书》往往遇之，吾今于读《西厢》亦往往遇之。

何谓于读《西厢》亦往往遇之？如此篇之处，〔新水令〕之第一句云"梵王宫殿月轮高"，不过七字也。然吾以为真乃江行初不在意也，真乃晴空劈插奇翠也，真乃殊未至于庐山也，真乃至庐山即反不见也；真大力也，真大慧也，真大游戏也，真大学问也。盖吾友斫山之所教也，吾此生亦已不必真至西江也。吾此生虽终亦不到西江，而吾之熟睹庐山亦既厌⑪也，庐山真天下之奇也。

【注释】

①节选自金圣叹批评《西厢记》第四折《闹斋》之总批。原无题,据文意拟。

②斫山先生:即王瀚,号斫山,与其弟王道树均系金圣叹挚友,曾参与金圣叹点评《西厢记》《水浒传》,金批《西厢记》引斫山评语达二十余处。其人诙谐幽默,好标新立异,详见下文所选《斫山先生》一篇。

③匡庐:即庐山。相传殷周之际有匡俗(一作"匡裕""匡续")兄弟结庐隐于此,故称"匡庐""匡山",后因避宋太祖赵匡胤讳而称"庐山"。

④匹练:原指一匹白色的绸缎,此处形容飞流直下的瀑布、流水。

⑤形诸梦寐:在梦寐之中仿佛已到其地。

⑥西江:或指唐代的江南西道,或指赣江支流,此处当泛指今江西地区。

⑦把袖:抓住袖子。

⑧伧(cāng):粗鄙之人。

⑨中心:内心。

⑩忻忻(xīn xīn):欣喜,欢喜。

⑪厌:满足。

【赏读】

斫山先生的是妙人。从未到过庐山，却有一座庐山在胸中。庐山必如是，苟庐山而不如是，非但庐山之过，更是天地之过。反之，若心中有庐山，不必刻意到庐山，眼前处处皆是庐山。

文章三法①

　　文章有"移堂就树"之法。如长夏读书,已得爽垲②,而堂后有树,更多嘉荫。今欲弃此树于堂后,诚不如移此树来堂前。然大树不可移而至前,则莫如新堂可以移而去后。不然,而树在堂后,非不堂是好堂,树亦好树,然而堂已无当③于树,树尤无当于堂。今诚相厌④便宜⑤,而移堂就树,则树固不动而堂已多荫,此真天下之至便也。

　　又有"月度回廊"之法。如仲春夜和,美人无眠,烧香卷帘,玲珑待月。其时初昏,月始东升,泠泠清光⑥,则必自廊檐下度⑦廊柱,又下度曲栏,然后渐渐度过间阶,然后度至琐窗⑧,而后照美人。虽此多时,彼美人者,亦既久矣明明伫立,暗中略复少停其势,月亦必不能不来相照。然而月之必由廊而栏、而阶、而窗、而后美人者,乃正是未照美人以前之无限如迤如逦,如隐如跃,别样妙境。非此即将极嫌此美人何故突然便在月下,为了无身分也。

文章有"羯鼓解秽"之法。如李三郎⑨三月初三⑩坐花萼楼⑪下,敕命青玻璃酌西凉⑫葡萄酒,与妃子小饮。正半酣,一时五王⑬、三姨⑭适然⑮俱至,上⑯心至喜,命工作乐。是日恰值太常⑰新制琴操成,名曰《空山无愁》之曲,上命对御奏之。每一段毕,上攒眉视妃子⑱,或视三姨,或视五王,天颜⑲殊悒悒⑳不得畅。既而将入第十一段,上遽跃起,口自传敕曰:"花奴㉑,取羯鼓速来,我快欲解秽。"便自作《渔阳掺挝》,渊渊㉒之声,一时栏中未开众花,顷刻尽开。

【注释】

①节选自金圣叹批评《西厢记》第五折《寺警》之总批。原无题,据文意拟。

②爽垲(kǎi):高爽干燥。

③当(dāng):正对着。此处指遮挡。

④厥:此处用作代词,指上述堂在树前、树在堂后这种情况。

⑤便宜:方便,合适。

⑥泠泠(líng líng)清光:此处形容月光的清凉、宁静。

⑦度(duó):此处同"踱",指月光的移动。下文三处

"度",均同此。

⑧琐窗:指雕或绘有环形连锁花纹图案的窗。

⑨李三郎:指唐玄宗李隆基,因是唐睿宗第三子,故称。唐玄宗工书法,善音乐,对唐代书法、音乐的发展均有过重要影响,不少文献记载了他在这方面的逸事。"羯鼓解秽"典故,出于唐人南卓的《羯鼓录》,比喻用美妙的乐声破除不快的情绪。羯鼓,从羯族传入的一种乐器。状似小鼓,两面蒙皮,均可击打。秽,此处指沉郁不快的情绪。

⑩三月初三:上巳节,民间传统节日,是古代举行"祓除畔浴"活动的重要节日,是王羲之在《兰亭集序》中所称的"修禊事"。

⑪花萼楼:全称花萼相辉楼,唐代皇家名楼,与滕王阁、黄鹤楼、岳阳楼、鹳雀楼并称五大名楼。花萼楼位于皇宫之中,是唐玄宗举行盛大活动的主要场所。

⑫西凉:此处泛指西域各地。玻璃杯、葡萄酒均非中原旧有之物,皆由西域传入,唐玄宗以一国之尊而执青玻璃(杯),饮葡萄酒,展示了盛唐时期中外交流的深度与开放程度。

⑬五王:指唐玄宗的五位兄弟:让皇帝宪、惠庄太子、惠文太子范惠、宣太子业、隋王隆悌。李宪是唐玄宗的长兄,按礼法由他即位,但他让位给唐玄宗,唐玄宗因修花萼楼,取《诗经》"常(棠)棣之华(花),鄂(萼)不韡韡。凡今之人,莫如兄弟"之意命名,为兄弟相聚之处。李宪死

后，被唐玄宗追谥为让皇帝。相传，唐玄宗与兄弟友爱甚笃，曾于殿中，置一大帐与五兄弟同寝，事见唐人郑处诲《明皇杂录》。

⑭三姨：分别指杨贵妃的三位姐姐：韩国夫人、虢国夫人、秦国夫人。由于杨贵妃得宠，其姊妹及堂兄弟杨国忠都曾权倾一时。

⑮适然：当然。

⑯上：皇上，圣上，此处指唐玄宗。

⑰太常：此处指太常寺，是负责朝廷宗庙祭祀及礼乐仪制等事宜的最高机构。

⑱妃子：此处当指杨贵妃。

⑲天颜：天子的容颜，此处指唐玄宗的脸色。

⑳悒悒（yì yì）：忧郁，愁闷。

㉑花奴：汝阳王李琎的小名。李琎系李宪长子，唐玄宗之侄，雅好音乐，姿容妍美，唐玄宗称其为"花奴"，事见《羯鼓录》《唐语林》。杜甫《饮中八仙歌》中有"汝阳三斗始朝天，道逢曲车口流涎，恨不移封向酒泉"，"汝阳"即指李琎。

㉒渊渊：鼓声。

【赏读】

文法一如阵法，得法，则全篇皆胜；失法，则满盘皆输。

苦吟僧[1]

昔有僧耽著[2]苦吟[3],课诵[4]都废。一老师[5]愍而诃之[6],僧亦深自悔恨,便捐弃笔墨[7],发愿[8]受持[9]《妙法华经》[10]。一日,诵经至"重颂"[11]中,忽见半偈[12]云:"香风吹萎华,更雨新好者。"[13]不自觉又引手抵空,作曼声[14]吟之曰:"此一佳句也。"言未毕,便吃然失音,口角㖞斜[15],寻[16]便命终。

【注释】

①节选自金圣叹批评《西厢记》第五折《寺警》之夹批。原无题,据文意拟。

②耽著:佛教语。指沉迷眷恋于某事或某物。通常指执着于某种事物,放不下,沉湎其中而不能自拔。

③苦吟:原指中晚唐以孟郊、贾岛为代表的诗人,其创作手法以反复吟咏、斟酌字句为重心,所谓"吟安一个字,捻断数茎须",后来也泛指潜心创作。

④课诵:指每日按时诵经念佛等事,也叫功课。

⑤老师：此处指年纪较长的法师。

⑥愍（mǐn）而诃（hē）之：感到担忧而加以责骂。愍，同"悯"，担忧，忧愁。诃，同"呵"，呵斥，责骂。

⑦捐弃笔墨：放弃创作。捐弃，放弃。笔墨，此处指沉迷于苦吟。

⑧发愿：佛教语。泛指许下心愿，下定决心。

⑨受持：佛教语。指领受在心，持久不忘。

⑩《妙法华经》：即《妙法莲华经》，简称《法华经》，大乘佛教最重要的经典之一。

⑪重颂：佛教语。指说经义之后，再作偈颂，申说前义。也称重颂偈或应颂。

⑫半偈（jì）：泛指偈语的一部分。偈语，以通俗而顺口的语言表达对佛法领悟的一种形式，多为齐言，以四言、五言为主。

⑬香风吹萎华，更雨新好者：出自《妙法莲华经·化城喻品第七》，略引如下，以窥其制："大通智胜佛，十劫坐道场。佛法不现前，不得成佛道。诸天神龙王，阿修罗众等。常雨于天华，以供养彼佛。诸天击天鼓，并作众伎乐。香风吹萎华，更雨新好者。过十小劫已，乃得成佛道。诸天及世人，心皆怀踊跃。彼佛十六子，皆与其眷属。千万亿围绕，俱行至佛所。头面礼佛足，而请转法轮。圣师子法雨，充我及一切。世尊甚难值，久远时一现。为觉悟群生，震动于一切。东方诸世界，五百万亿国。梵宫殿光曜，昔所未曾有。

诸梵见此相,寻来至佛所。散花以供养,并奉上宫殿。请佛转法轮,以偈而赞叹。佛知时未至,受请默然坐。三方及四维,上下亦复尔。散花奉宫殿,请佛转法轮。世尊甚难值,愿以大慈悲。广开甘露门,转无上法轮。无量慧世尊,受彼众人请。为宣种种法,四谛十二缘。无明至老死,皆从生缘有。如是众过患,汝等应当知。宣畅是法时,六百万亿垓。得尽诸苦际,皆成阿罗汉。第二说法时,千万恒沙众。于诸法不受,亦得阿罗汉。从是后得道,其数无有量。万亿劫算数,不能得其边。时十六王子,出家作沙弥。皆共请彼佛,演说大乘法。我等及营从,皆当成佛道。愿得如世尊,慧眼第一净。佛知童子心,宿世之所行。以无量因缘,种种诸譬喻。说六波罗蜜,及诸神通事。分别真实法,菩萨所行道。说是法华经,如恒河沙偈。彼佛说经已,静室入禅定。一心一处坐,八万四千劫。"下文尚有五十余句。

⑭曼声:舒缓悠长的声音。

⑮喎(wāi)斜:嘴角歪斜。

⑯寻:不久,很快。

【赏读】

不知此僧究竟姓甚名谁、所在何处,亦不知此事是否纯属金圣叹虚构,只是读完难以释怀。我们有理由相信,他是知道这么"耽著苦吟"下去,至少会受到寺院纪律的严惩,因为他不务正业;他甚至知道"苦吟"严重耗损他的身体,乃至要了他的小命;他也曾试图放弃,但最终选择了为爱而死。

此生恨不见此僧。

善游①

吾读世间游记，而知世真无善游人也。夫善游之人也者，其于天下之一切海山方岳②、洞天福地③，固不辞千里万里而必一至，以尽探其奇也。然而其胸中之一副别才，眉下之一双别眼，则方且不必直至于海山方岳、洞天福地，而后乃今始曰：我且探其奇也。

夫昨之日而至一洞天，凡罄④若干日之足力、目力、心力，而既毕⑤其事矣，明之日而又将至一福地，又将罄若干日之足力、目力、心力，而于以从事。彼从旁之人，不能心知其故，则不免曰：连日之游快哉！

始毕一洞天，乃又造⑥一福地。殊不知先生⑦且正不然，其离前之洞天，而未到后之福地，中间不多，虽所隔止于三二十里，又少而或止于八、七、六、五、四、三、二里，又少而或止于一里、半里。此先生则于是一里、半里之中间，其胸中之所谓一副别才，眉下之一双别眼，即何尝不以待洞天福地之法而待之哉？

今夫以造化之大本领、大聪明、大气力，而忽然结撰而成一洞天、一福地,是真骇目惊心之事,不必又道也。然吾每每谛视⑧天地之间之随分⑨一鸟一鱼、一花一草,乃至鸟之一毛、鱼之一鳞、花之一瓣、草之一叶,则初未有不费彼造化者之大本领、大聪明、大气力,而后结撰而得成者也。谚言:"师子搏象用全力,搏兔亦用全力。"彼造化者,则真然矣,生洞天福地用全力,生随分之一鸟一鱼、一花一草,以至一毛一鳞、一瓣一叶,殆无不用尽全力。由是言之,然则世间之所谓骇目惊心之事,固不必定至于洞天福地而后有此,亦为信然⑩也。

【注释】

①节选自金圣叹批评《西厢记》第六折《请宴》之总批。原无题,据文意拟。

②方岳:原指四方之岳:东岳泰山、西岳华山、南岳衡山、北岳恒山,也泛指各地名山。

③洞天福地:道教指神道居住的名山胜地,共三十六洞天,七十二福地,也泛指风景宜人之处。

④罄:用尽,用完。

⑤毕:完成。

⑥造:造访,访问。此处指游玩。

⑦先生:指《西厢记》作者王实甫。

⑧谛视：仔细看。
⑨随分：此指依据自然本性。
⑩信然：确实是这样。

【赏读】

读万卷书，行万里路。读书是一种特殊的行路，行路是一种特殊的读书。无论是读书，还是行路，都要有自己的观察、思考，没有观察和思考，那是赶路，不是行路，更不可能善游。

吾知之①

斫山云："千载以来，独有宣圣②是第一善游人，其次则数王羲之。"或有征其说者，斫山云："宣圣，吾深感其'食不厌精，脍不厌细③'之二言；王羲之，吾见其若干帖所有字画，皆非献之④所能窥也。"圣叹曰："先生此言，疑杀天下人去也。"

又，斫山每语圣叹云："王羲之若闲居家中，必就庭花逐枝逐朵细数其须，门生执巾侍立其侧，常至终日都无一语。"圣叹问此故事出于何书。斫山曰："吾知之。"

盖斫山之奇特如此，惜乎天下之人不遇斫山，一倾倒其风流也！

【注释】

①节选自金圣叹批评《西厢记》第六折《请宴》之总批夹注。原无题，据文意拟。

②宣圣：指孔子。自汉武帝罢黜百家、独尊儒术之后，

孔子获得了独一无二的地位，历代帝王皆有追谥，"宣圣"之称，主要是因历代追谥多"宣"字者。如汉平帝追谥其为"褒成宣尼公"，唐太宗追谥其为"宣父"，唐玄宗追谥其为"文宣王"，宋真宗追谥其为"玄圣文宣王""至圣文宣王"，西夏仁宗追谥其为"文宣帝"，元成宗追谥其为"大成至圣文宣王"，清世祖追谥其为"大成至圣文宣先师"。

③食不厌精，脍不厌细：指食物做得越精越好，肉切得越细越好。语出《论语·乡党》："齐（斋）必变食，居必迁坐。食不厌精，脍不厌细。"厌，满足。脍，细切的肉，泛指各种食物。

④献之：即王献之，字子敬，王羲之第七子，书法造诣极深，尤精于楷书、隶书，与其父并称"二王"。

【赏读】

"吾知之"是何等自信？何须处处有出处？不一定所有的事都会被记载。王羲之或其他人的一生，难道就只是书上记载的那些事吗？既是王羲之，则必然有此事；若无此事，则必非王羲之。

斫山先生①

吾友斫山王先生，文恪②之文孙③也，目尽数十万卷④，手尽数十万金⑤。今与圣叹并复垂老⑥，两人相邻如一日也。偶于舟中，时方九日，忽一女郎⑦掉文⑧曰："何故此时则雀入大水化为蛤⑨？"座中斗然⑩未有以应也。先生信口答曰："我亦不解汝家何故雀入大蛤，皆化为水也。"一时满舟喧然⑪，至有翻酒濡首⑫者。此真用《礼记》入妙也。

斫山读尽三教书⑬，而不愿以文名⑭；倾家结客⑮，而不望人报⑯；有力如虎，而轻裘缓带⑰，趋走扬扬⑱；绘染刻雕、吹竹弹丝，无技不精，而通夜以佛火蒲团作伴⑲；今头毛皑皑⑳，而尚不失童心；瓶中未必有三日粮，而得钱犹以与客。

彼视圣叹为弟，圣叹事之为兄。有过吴门㉑者问之，无有两人也。嗟乎！未知余生尚复几年，脱诚得并至百十岁，则吾两人当不知作何等欢笑。如或不幸而溘然俱化㉒，斯吾两人便甘作微风淡烟，杳无余迹。

盖斫山三十年前曾与圣叹诗,早便及之,曰:"风雷半夜吴王墓,天地清秋伍相祠。一例冥冥谁不朽,早来把酒共论之。"

今圣叹亦是寒鸟啁啾㉓,不忘故群,故时时一念及之,岂犹有意互相叹誉,为荣名哉?

【注释】

①节选自金圣叹批评《西厢记》第十折《闹简》之夹批。原无题,据文意拟。

②文恪:指斫山的先祖王鏊。王鏊,字济之,号守溪,晚号拙叟,学者称其为"震泽先生"。王鏊官至户部尚书、文渊阁大学士,追赠太傅,谥号"文恪",是明代名臣、文学家、书法家、藏书家。

③文孙:原指周文王之孙,后泛指对他人子孙的美称。

④目尽数十万卷:指读过数十万卷书,形容读书无数。

⑤手尽数十万金:指花完数十万金钱,形容挥金如土。

⑥垂老:将要步入老年。

⑦女郎:年轻女子。此处当指年轻的使女、婢女。

⑧掉文:即掉书袋,多指引经据典,卖弄才学。

⑨雀入大水化为蛤:语出《礼记·月令》:"季秋之月,鸿雁来宾,雀入大水为蛤。"大水,指大海。

⑩斗然:突然。

⑪喧然:喧哗,喧闹。

⑫翻酒濡（rú）首：打翻酒杯，酒水甚至溅湿了头部，或头部栽到了酒水里。形容醉酒后的狂态。

⑬三教书：指儒、释、道三家的经典，泛指各种图书。

⑭以文名：以文才、文章为世所知。名，闻名。

⑮倾家结客：倾尽家产用以结交朋友。

⑯不望人报：不期望别人回报。

⑰轻裘缓带：穿着轻暖的毛皮衣服，束着宽松的衣带，形容从容闲适的风度。轻裘，语出《论语·公冶长第五》："颜渊、季路侍。子曰：'盍各言尔志？'子路曰：'愿车马衣轻裘，与朋友共，敝之而无憾。'颜渊曰：'愿无伐善，无施劳。'子路曰：'愿闻子之志。'"轻，有人认为是衍文，即原无此字；但也有人认为原有此字，形容裘的轻重。

⑱扬扬：形容行走轻快的样子。

⑲以佛火蒲团作伴：泛指与青灯古佛为伴。佛火，佛前的油灯香烛之火。蒲团，僧人坐禅或跪拜时用以坐、跪之物，多以蒲草编织而成，呈现圆形、扁平状。

⑳头毛皓皓：头发已雪白。皓皓，雪白的样子。

㉑吴门：苏州的代称。

㉒溘然俱化：二人都突然去世。化，去世的委婉之说。

㉓啁啾（zhōu jiū）：形容鸟叫的声音。

【赏读】

抵得一篇《斫山先生小传》。全篇通透、超然，乃至飘然。多亏了圣叹这篇文字,为后世读书留下一幅栩栩如生的斫山先生小像。

我于此文①

或云春枝小鸟,双双斗口,却不是春鸟斗口;或云深院回风,晴雪乱舞,却不是风回雪舞;或云花拳绣腿,少年短打,却不是花绣短打;或云鸣琴将终,随指泛音,却不是琴终泛音。我细察之:一片纯是光影,一片纯是游戏,一片纯是白净,一片纯是开悟。

维摩诘②室中,天女变舍利佛③,一时不知所云。我于此文,不知所云。香岩大师④至脱然⑤撒手⑥时,遥望沩山⑦,连说颂⑧曰:"去年贫,未是贫;今年贫,真是贫。去年贫,无立锥之地;今年贫,锥也无。"我于此义,锥也无。文殊尸利菩萨⑨选二十五位圆通⑩,拔取观世音为状元第一。我于此文,如观世音幸得第一。赵州和尚⑪被人问:"二龙戏珠,谁是得者?"州云:"老僧单管着。"我于此文,单管着。南泉王老师⑫指庭前牡丹花,谓陆亘⑬曰:"大夫,时人看此花,如梦相似。"我于此文,如梦相似。斫山云:圣叹自论文,非论禅也。⑭

【注释】

①节选自金圣叹批评《西厢记》第十折《闹简》之夹批。原无题,据文意拟。

②维摩诘:梵文音译,或作维摩罗诘、毗摩罗诘,略称维摩或维摩诘,意译为净名、无垢称,早期印度佛教的一位在家居士。其所说佛法即《维摩诘所说经》,简称《维摩诘经》,是大乘佛教著名经典之一,同时也具有较高的文学价值。维摩诘及《维摩诘经》在中国传统文化中影响较大,唐代诗佛王维,即因名与维摩诘汉译名首字"维"相同,而字"摩诘"。

③天女变舍利佛:意为天女把舍利佛变成女身,语出《维摩诘经》。舍利佛,当作"舍利弗",佛陀十大弟子之一,为智慧第一。

④香岩大师:未详,俟考。

⑤脱然:超脱,无所挂碍。

⑥撒手:去世的委婉之说。

⑦沩(wéi)山:在今湖南宁乡西部,系佛教名山。

⑧颂:原指祭祀所用舞曲。此处当指香岩大师去世前带有偈语、隐语性质的遗言。

⑨文殊尸利菩萨:梵文音译,亦作文殊师利菩萨、曼殊师利、曼殊室利等,即文殊菩萨,见《极微》注②。

⑩二十五位圆通:指诸菩萨、声闻证悟之二十五种方

法。二十五，即六尘、六根、六识、七大。圆通，圆满周遍，融通无碍之义。

⑪赵州和尚：赵州禅师，法号从谂，一作"全谂"，唐代禅宗大师。唐大中十一年（857），从谂禅师以八十岁高龄行脚至赵州，驻锡观音院，讲法四十年，人称"赵州古佛"，谥号"真际禅师"。

⑫南泉王老师：即南泉普院禅师，俗姓王，常以"王老师"自称，其生平及在佛教史上的地位与意义，可参见《佛教研究》（2015年集）"第二节　中韩南泉禅学研讨会"专栏，收录专论六篇。

⑬陆亘：字景山，唐代官员，历任兖、蔡、虢、苏四州刺史、浙东观察使等职，追赠礼部尚书，故南泉称其为"大夫"。

⑭最后一句，是《金圣叹全集》的夹注，依原文格式作小号字，以示区别。书中其他处同此者，皆此义。不再赘言。

【赏读】

纵观古籍，大概只有圣叹能作如此之评语，真可谓千古奇评。

不亦快哉①

昔与斫山同客共住,霖雨②十日,对床③无聊,因约赌说快事④,以破积闷。至今相距既二十年,亦都不自记忆。偶因读《西厢》至《拷艳》一篇,见红娘口中作如许快文,恨当时何不检取共读,何积闷之不破?于是反自追索,犹忆得数则,附之左方,并不能辨何句是斫山语,何句是圣叹语矣。

夏七月,赤日停天⑤,亦无风,亦无云。前后庭赫然如洪炉⑥,无一鸟敢来飞。汗出遍身,纵横成渠,置饭于前,不可得吃。呼簟⑦欲卧地上,则地湿如膏,苍蝇又来缘颈附鼻,驱之不去。正莫可如何,忽然大黑车轴⑧,疾澍⑨滂湃⑩之声,如数百万金鼓,檐溜浩于瀑布,身汗顿收,地燥如扫,苍蝇尽去,饭便得吃,不亦快哉!

十年别友,抵暮忽至。开门一揖毕,不及问其船来陆来⑪,并不及命其坐床坐榻,便自疾趋入内,卑辞叩内子:"君岂有斗酒,如东坡妇乎⑫?"内子欣然拔金簪相付，计之可作三日供也，不亦快哉！

空斋独坐，正思夜来床头鼠耗可恼。不知其"戛戛"⑬者是损我何器，"嗤嗤"者是裂我何书。心中回惑，其理莫错。忽见一俊猫，注目摇尾，以有所睹。敛声屏息，少复待之，则疾趋如风，"致"然一声，而此物竟去矣，不亦快哉！

饭后无事，翻倒敝箧，则见新旧逋欠文契不下数十百通，其人或存或亡，总之无有还理。背人取火，拉杂烧净，仰看高天，萧然无云，不亦快哉！

夏月科头赤足⑭，自持凉伞遮日，看壮夫唱吴歌，踏桔槔⑮。水一时垤⑯涌而上，譬如翻银滚雪，不亦快哉！

重阴匝月⑰，如醉如病。朝眠不起，忽闻众鸟毕作弄晴之声。急引手搴帷⑱，推窗视之，日光晶荧，林木如洗，不亦快哉！

夜来似闻某人素心，明日试往看之。入其门，窥其闺，见所谓某人，方据⑲案面南看一文书。顾客入来，默然一揖，便拉袖命坐曰："君既来，可亦试看此书。"相与欢笑。日影尽去，既已自饥，徐问客曰："君亦饥耶？"不亦快哉！

本不欲造屋,偶得闲钱,试造一屋。自此日为始,需木需石,需瓦需砖,需灰需钉,无晨无夕,不来聒于两耳。乃至罗雀掘鼠,无非为屋校计,而又都不得屋住。既已安之如命矣。忽见一日,屋竟落成,刷墙扫地,糊窗挂画。一切匠作出门毕去,同人乃来分榻列坐,不亦快哉!

冬夜饮酒,转复寒甚,推窗试看,雪大如手,已积三四寸矣,不亦快哉!

夏日于朱红盘中自拔快刀,切绿沉西瓜,不亦快哉!

久欲为比丘[20],苦不得公然吃肉。若许为比丘,又得公然吃肉,则夏月以热汤快刀,净刮头发,不亦快哉!

箧[21]中无意忽检得故人手迹,不亦快哉!

久客得归,望见郭门,两岸童妇,皆作故乡之声,不亦快哉!

作县官,每日打鼓退堂时,不亦快哉!

【注释】

①节选自金圣叹批评《西厢记》第十四折《拷艳》之总批。原无题,据文意拟。原每条前有"其一"字样,今略。

②霖雨:此处指连绵大雨。

③对床:此指相聚,与"连床"近义。

④快事:可使人感到愉快的事。

⑤赤日停天:红日当空,形容日晒极旺。赤日,红日。

⑥洪炉:大火炉。比喻极热。

⑦簟(diàn):竹席。

⑧大黑车轴:指大块乌云和巨大的雷声像大黑车轴一样滚过。既指颜色,也指声音。

⑨疾澍(shù):极速灌注,形容雨大而快。

⑩澎(péng)湃:大风击物声。

⑪船来陆来:即由水路来,还是由陆路来。船、陆,此处均作状语。

⑫君岂有斗酒,如东坡妇乎:化用苏东坡《后赤壁赋》典故:"是岁十月之望,步自雪堂,将归于临皋。二客从予过黄泥之坂。霜露既降,木叶尽脱,人影在地,仰见明月,顾而乐之,行歌相答。已而叹曰:'有客无酒,有酒无肴,月白风清,如此良夜何?'客曰:'今者薄暮,举网得鱼,巨口细鳞,状如松江之鲈。顾安所得酒乎?'归而谋诸妇。妇曰:'我有斗酒,藏之久矣,以待子不时之需。'于是携酒与

鱼，复游于赤壁之下。"

⑬戛戛（jiá jiá）：拟声词。与下文"嗤嗤"皆形容鼠耗撕咬之声。

⑭科头赤足：头上不戴帽子，脚上不穿鞋子。

⑮桔槔（jié gāo）：一种井上汲水工具。以绳悬横木上，一端系水桶，一端系重物，使其交替上下，以节省汲引之力。

⑯坌（bèn）：水出貌。

⑰重阴匝月：云雾环绕着月亮。

⑱搴（qiān）帷：撩起帷幕。

⑲据：同"踞"，此处指坐于案前。

⑳比丘：梵语音译，意译为"乞士"，俗称"和尚"，一般指年满二十岁，受过具足戒的男性出家人。

㉑箧（qiè）：小箱子。

【赏读】

圣叹的这十几个"不亦快哉"，把人生中大大小小、方方面面的快乐差不多都点到了，不要说都能遇到，哪怕遇到一两个，也就算幸何如之了。

不亦快哉，是一种意外的惊喜。

妙处不传[①]

尝有狂生题半身美人图,其末句云:"妙处不传。"此不直无赖恶薄语,彼殆亦不解此语为云何也。夫所谓"妙处不传"云者,正是独传妙处之言也。

停目良久睇[②]之,睇此妙处;振笔[③]迅疾取之,取此妙处;累百千万言曲曲[④]写之,曲曲写而至于妙处;只用一二言斗然[⑤]时直逼之,便逼此妙处。然而又必云"不传"者,盖言费却无数笔墨,止为妙处;乃既至妙处,即笔墨都停;夫笔墨都停处,此正是我得意处;然则后人欲寻我得意处,则必须于我笔墨都停处也。

今相续之四篇[⑥],便似意欲独传妙处。夫意欲独传妙处,则是只画下半截美人也,亦大可嗤已!

【注释】

①节选自金圣叹批评《续西厢记》第一折《泥金报捷》之总批。

②睇(dì):原指斜眼看,此泛指看。

③振笔：挥毫，挥笔。

④曲曲：娓娓道来。

⑤斗然：陡然，突然。

⑥今相续之四篇：指金圣叹评本《西厢记》卷八之《泥金报捷》《锦字缄愁》《郑恒求配》《衣锦荣归》四折。圣叹认为四折为《西厢记》原本所无，故又称为《续西厢记》，并在第一折总批中对其大加贬斥，摘录如下："此《续西厢记》四篇，不知出何人之手。圣叹本不欲更录，特恐海边逐臭之夫不忘膻芗，犹混弦管，因与明白指出之，且使天下后世学者睹之，而益悟前十六篇为天仙化人，永非螺蛳蚌蛤之所得而暂近也者。因而翻卷，更读十百千万遍，遂愈得开所未闻，入所未入，此亦不可谓非续者之与有功也。人即爱好，何至向西施颦眉；人即多财，何至向龙王比宝；人即予圣，何至向孔子徐步；人即慢上，何至向释迦牟尼呵呵大笑？乃今世间又偏多此一辈人，可怪也。我不知其未落笔前，如何忽然发想欲续此四篇；我又不知其既脱稿后，如何放胆便敢举以示人？我又不知当时为有人丧心病狂大赞誉之，因而遂误之，我又不知当时为有人亦曾微讽使藏过之，彼决不听，因而遂终出之。此四不知，我今日将向何人问耶？"

【赏读】

断臂的维纳斯，怎么续怎么补，似乎都不合适。这是一种无声胜有声的留白。

读了五十余篇金圣叹夸人与自夸的文字,再来看两篇他怼人乃至骂人的文字,真可谓是嬉笑怒骂皆成文章。

如此大怒[1]

前读《西厢》，见我莺莺有"春雨闭门""下帘不卷"之句，我犹恐连阴损其高情；又见莺莺有"隔窗听琴""月明露重"之句，我犹恐湿庭冰其双袜；又见莺莺有"压衾朝卧""红娘弹帐"之句，我犹恐朝光射其倦眸[2]；又见莺莺有"杏花楼头""晚寒添衣"之句，我犹恐线痕兜其皓腕。盖我之护惜莺莺，方且开卷惟恐风吹，掩卷又愁纸压，吟之固虑口气之相触，写之深恨笔法之未精。真不图读至此处，乃遭奴才[3]如此抵突[4]也。王蓝田拔剑驱苍蝇，着屐踏鸡子[5]，千载笑其大怒未可卒解，我今日真有如此大怒也，恨恨！

【注释】

①节选自金圣叹批评《续西厢记》第三折《郑恒求配》之夹批。

②倦眸：困倦的眼神。

③奴才：指所谓《续西厢记》的作者。

④抵突：唐突，莽撞。

⑤"王蓝田"二句：王蓝田，即王述，字怀祖，承袭父爵蓝田侯，故称"王蓝田"。"拔剑驱苍蝇"与"着屐踏鸡子"均为典故，形容性急暴躁，但圣叹此处似记忆偶误。"着屐踏鸡子"者，确系王述；而"拔剑驱苍蝇"者，乃王思也。"拔剑驱苍蝇"，事见裴松之注《三国志·魏书·梁习传》引鱼豢《魏略·苛吏传》："（王）思又性急，尝执笔作书，蝇集笔端，驱去复来，如是再三。思恚怒，自起逐蝇，不能得，还取笔掷地，蹋坏之。"清人张英等所编《渊鉴类函·褊急门》亦载王思事，有"思自起拔剑逐蝇"之语，但未注所引之书。王思，三国魏正始中为大司农。"着屐踏鸡子"，事见《世说新语·忿狷》："王蓝田性急，尝食鸡子，以箸刺之不得，便大怒。举以掷地，鸡子于地圆转未止，仍下地以屐齿碾之，又不得。瞋甚，复于地取内口中，啮破即吐之。"

【赏读】

最爱圣叹真性情。"我莺莺"，这是真读书，人与书为一体。

我恐最爱莺莺者，不是张君瑞，是金圣叹也。一笑。

卷四 第五才子书施耐庵水浒传

不阁笔,不卷纸,不停墨,未见其有穷奇尽变、出妙入神之文也。

吾于《水浒》无间然①

吾年十岁,方入乡塾,随例②读《大学》《中庸》《论语》《孟子》等书,意惛如③也。每与同塾儿④窃作是语:不知习此将何为者?又窥见大人彻夜吟诵,其意乐甚,殊不知其何所得乐,又不知尽天下书当有几许,其中皆何所言,不雷同耶?如是之事,总未能明于心。

明年十一岁,身体时时有小病。病作,辄得告假出塾。吾既不好弄⑤,大人又禁不许弄,仍以书为消息⑥而已。吾最初得见者,是《妙法莲华经》;次之,则见屈子⑦《离骚》;次之,则见太史公⑧《史记》;次之,则见俗本《水浒传》⑨:是皆十一岁病中之创获⑩也。

《离骚》苦多生字,好之而不甚解,记其一句两句吟唱而已。《法华经》《史记》解处为多,然而胆未坚刚,终亦不能常读。其无晨无夜不在怀抱⑪者,吾于《水浒传》可谓无间然⑫矣。

【注释】

①节选自金圣叹批评《水浒传》序三。原无题,据文意拟。

②随例:照例,按照惯例。

③惛如:惛有"hūn""mèn"两种读音:读"hūn"时,古同"昏",指迷乱,糊涂;读"mèn"时,古通"闷",指郁闷。此处似两者皆可通,指乏味、沉闷,读得昏昏沉沉、迷迷糊糊。

④同塾儿:同在乡塾求学的同学,因多为儿童,故称"儿"。

⑤不好弄:喜静不喜动。弄,此处指好动。

⑥消息:此处指以相对静态的读书为休息、养病的方式。

⑦屈子:对屈原的尊称。

⑧太史公:此处是对司马迁的尊称,源于司马迁自称"太史公"。太史公,汉武帝所设官职,位在丞相之上。司马迁之父司马谈为太史公,司马迁继之,故称。汉宣帝时,改太史公为太史令。

⑨俗本《水浒传》:即金圣叹所称其日后所批《水浒传》的底本。

⑩创获:新的收获,多指此前未曾有的见解、成果。

⑪无晨无夜不在怀抱:据上下文意知,此原指无日无夜

都把《水浒传》抱在怀里,但亦可引申为无日无夜都想在《水浒传》一书上有所抱负。

⑫无间然:没有间隙,浑然一体。

【赏读】

　　世人皆知圣叹以批《水浒》名世,而不知《水浒》岂不因圣叹而名世?第五才子书者,圣叹直置《水浒》于《庄子》《离骚》《史记》《杜工部集》之后,试问,自有稗官以来,曾有此尊荣乎?《水浒》,天地间一部奇书;圣叹,天地间一大奇人。奇书与奇人之无间然,唯奇书与奇人自知之。

读《水浒传》法·题目①

或问②：题目如《西游》《三国》，如何？答曰：这个都不好。《三国》人物事体说话太多了，笔下拖不动，趱不转，分明如官府传话奴才，只是把小人声口替得这句出来，其实何曾自敢添减一字。③《西游》又太无脚地了，只是逐段捏捏撮撮，譬如大年夜放烟火，一阵一阵过，中间全没贯串，便使人读之，处处可住。④

《水浒传》不说鬼神怪异之事，是他气力过人处。⑤《西游记》每到弄不来时，便是南海观音救了。

《水浒传》并无"之乎者也"等字，一样人，便还他一样说话⑥，真是绝奇本事。

【注释】

①节选自金圣叹批评《水浒传》之《读第五才子书法》，

题据选段内容自拟。所选文段在原文中并不相连,此处也据文意黏合一处。

②或问:字面意思为"有的人问""别人问",事实上一般都是作者自问,与下文的"答曰"构成一组问答模式。这是古文中一种常用的自问自答方式,源于汉赋。

③"《三国》"六句:此认为《三国演义》作为历史演义小说,史实性质太强,而虚构性太弱,发挥不够,但这是圣叹一面之词,我们所知的"三国故事",大多都是《三国演义》的虚构或渲染,而非史实,这足以说明其虚构性之强,何止是敢添减一字? 清人章学诚所谓七实三虚,恐怕还不止。明清批评家大体上都存在这样一个问题:评某部作品,就把某部作品捧上天,几乎完美无瑕;而把其他作品踩在地,几乎一无是处。金圣叹批《水浒传》,毛氏父子批《三国演义》,张竹坡批《金瓶梅》,乃至蔡元放批《东周列国志》,都是如此。矁(xué),旋转。

④"《西游》"七句:主要是批评《西游记》结构上的问题,这也是《西游记》最大的问题。此书自第十四回唐僧收孙悟空起,特别是第十八回收八戒、第二十二回收沙僧之后,就陷入了不断地自我重复之中。如此可以写九九八十一难,也可以写十难、二十难,也可以写一百难、二百难,确如圣叹所言:"使人读之,处处可住。"

⑤"《水浒传》不说"二句:《水浒传》"说鬼神怪异之事"也不少,如九天玄女授天书、罗真人等,特别是开篇和

结尾,甚至整部书装在一个叫"天罡地煞"的神话里,而一百单八将里会装神弄鬼的更不在少数,这还不算"鬼神怪异之事"?不过,总体而言,这些"鬼神怪异之事"都只是佐料,其主菜还是满满的人间烟火气。

⑥"《水浒传》并无"三句:《水浒传》中也有不少"之乎者也"。但总体而言,人物和语言是和谐的,甚至同类人也能写出不同的语言。不同的语言,其实反映的是不同的性格。如同是粗鲁,金圣叹认为鲁达、史进、李逵、武松、阮小七、焦挺就很不同:"鲁达粗鲁是性急,史进粗鲁是少年任气,李逵粗鲁是蛮,武松粗鲁是豪杰不受羁靮,阮小七粗鲁是悲愤无说处,焦挺粗鲁是气质不好。"

【赏读】

四大名著,各有所长,其短处亦显而易见。《三国演义》长于结构,短于细节描写;《西游记》长于想象,而结构之支离、情节之重复,是其最短处;《红楼梦》之结构、描写俱好,只是忒慢火了些,须耐得住十分性子看;《水浒传》则如瓯谚所云"烂头仙儿做媒,一年不如一年"。何以言之?自开篇至金本(即金圣叹所批本,简称"金本")四十五回《病关索大闹翠屏山 拼命三火烧祝家店》,是全书最妙处,其立意之高、谋篇之奇、结撰之精、气概之雄,愚以为俱在《三国》《西游》《红楼》之上;自金本第四十六回《扑天雕两修生死书 宋公明一打祝家庄》至第七十回《忠义堂石碣受天文　梁山泊英雄惊恶梦》，则忽如风筝断线，半空乱舞，不知所云，试问读者诸君，能知祝家庄与曾头市之不同否？能识呼延灼、关胜、张青、徐宁、董平之不同否？自七十一回以后至一百二十回，唯《闹东京》《双献头》《李逵坐衙》略有可观之处，恐亦取之于元杂剧水浒戏，他如征大辽、征田虎、征方腊，则味同嚼蜡，不忍卒读也。由此观之，圣叹腰斩《水浒传》，断于第七十回，尤怀不忍之心，以愚意度之，更当斩于第四十五回也。一笑。

读《水浒传》法·人物①

别一部书,看过一遍即休。独有《水浒传》,只是看不厌,无非为他把一百八个人性格,都写出来。

《水浒传》写一百八个人性格,真是一百八样。若别一部书,任他写一千个人,也只是一样;便只写得两个人,也只是一样。②

《水浒传》只是写人粗卤处,便有许多写法。如鲁达粗卤是性急,史进粗卤是少年任气,李逵粗卤是蛮,武松粗卤是豪杰不受羁靮③,阮小七粗卤是悲愤无说处,焦挺粗卤是气质不好。

林冲自然是上上人物,写得只是太狠。看他算得到,熬得住,把得牢,做得彻,都使人怕。这般人在世上,定做得事业来,然琢削④元气也不少。

吴用与宋江差处⑤，只是吴用却肯明白说自家⑥是智多星，宋江定要说自家志诚质朴。

宋江只道自家笼罩⑦吴用，吴用却又实实笼罩宋江。两个人心里各各自知，外面又各各只做不知，写得真是好看煞人。

卢俊义、柴进只是上中人物。卢俊义传，也算极力将英雄员外写出来了，然终不免带些呆气。譬如画骆驼，虽是庞然大物，却到底看来觉道不俊。柴进无他长，只有好客一节。

公孙胜便是中上人物，备员⑧而已。

戴宗是中下人物，除却神行⑨，一件不足取。

【注释】

①节选自金圣叹批评《水浒传》之《读第五才子书法》，题据选段内容自拟。所选文段在原文中并不相连，此处也是据文意黏合一处。

②此段主要表达《水浒传》善于写人，这确实是此书的一大长处，但要说"把一百八个人性格，都写出来"，就有点言过其实了。试问读者诸君，梁山"一百八个人"能说得

上有"性格"的,有几人?愚见不会超过二三十人。相反,不在梁山但很有"性格"的人物,倒颇有一些,如高俅、王婆、潘金莲、西门庆,乃至镇关西、蒋门神、黄文炳、高衙内、陆谦、牛二等。要之,《水浒传》之善于写人,非止于梁山"一百八个人",乃在于全书的芸芸众生。

③羁靮(jī dí):原指马络头和缰绳。此处比喻束缚。

④琢削:此处指消耗、消磨、耗费。

⑤差处:区别,不同之处。

⑥自家:自己。

⑦笼罩:此处指控制、驾驭。

⑧备员:凑数,充数。

⑨神行:戴宗绰号"神行太保",能日行八百里。

【赏读】

圣叹评《水浒》的过人之处在于,不是为了评《水浒》而评《水浒》,而是有一肚皮不合时宜要发泄出来,唯其如此,方能作人所不能作之语。

圣叹的评语,以干脆利落、不落窠臼为特色,上文评林冲、宋江、吴用、卢俊义已奇,评柴进、公孙胜、戴宗之语,更是让人拍案叫绝。

读《水浒传》法·文法[①]

吾最恨人家子弟，凡遇读书，都不理会文字，只记得若干事迹，便算读过一部书了。虽《国策》《史记》都作事迹搬过去，何况《水浒传》。

《水浒传》有许多文法，非他书所曾有，略点几则于后。

有倒插法。谓将后边要紧字，蓦地[②]先插放前边。如五台山下铁匠间壁[③]父子客店，又大相国寺岳庙间壁菜园，又武大娘子要同王干娘去看虎[④]，又李逵去买枣糕收得汤隆等是也。

有夹叙法。谓急切里两个人一齐说话，须不是一个说完了，又一个说，必要一笔夹写出来。如瓦官寺崔道成说"师兄息怒，听小僧说"，鲁智深说"你说你说"等是也。

有草蛇灰线法。如景阳冈勤叙许多"哨棒"字，紫石街连写若干"帘子"字等是也。骤看之，有如无物，及至细寻，其中便有一条线索，拽之通体俱动。

有獭尾⑤法。谓一段大文字后，不好寂然便住，更作余波演漾之。如梁中书东郭演武归去后，如县时文彬升堂；武松打虎下冈来，遇着两个猎户；血溅鸳鸯楼后，写城壕边月色等是也。

有正犯法。如武松打虎后，又写李逵杀虎，又写二解争虎⑥；潘金莲偷汉后，又写潘巧云偷汉；江州城劫法场后，又写大名府劫法场；何涛捕盗后，又写黄安捕盗；林冲起解⑦后，又写卢俊义起解；朱仝、雷横放晁盖后，又写朱仝、雷横放宋江等。正是要故意把题目犯了，却有本事出落得无一点一画相借，以为快乐是也。真是浑身都是方法。

有略犯法。如林冲买刀与杨志卖刀，唐牛儿与郓哥，郑屠肉铺与蒋门神快活林，瓦官寺试禅杖与蜈蚣岭试戒刀等是也。

旧时《水浒传》，子弟读了，便晓得许多闲事。此本虽是点阅得粗略，子弟读了，便晓得许多文法。不惟晓得《水浒传》中有许多文法，他便将《国策》《史记》等书，中间但有若干文法，也都看得出来。旧时子弟读《国策》《史记》等书，都只看了闲事，煞是好笑。

《水浒传》到底只是小说，子弟极要看，及至看了时，却凭空使他胸中添了若干文法。

人家子弟只是胸中有了这些文法，他便《国策》《史记》等书都肯不释手看，《水浒传》有功于子弟不少。

旧时《水浒传》，贩夫皂隶⑧都看；此本虽不曾增减一字，却是与小人没分之书，必要真正有锦绣心肠者，方解说道好。

【注释】

①节选自金圣叹批评《水浒传》之《读第五才子书法》，题据选段内容自拟。所选文段在原文中并不相连，此处也据文意黏合一处。

②蓦地：突然，忽然。

③间（jiàn）壁：隔壁。

④武大娘子要同王干娘去看虎：实则是武大与武松相认后，带武松至武大家中，武大娘子潘金莲对武松道："奴家听得间壁王干娘说，'有个打虎的好汉迎到县前来'，要奴家同去看一看。不想去得迟了，赶不上，不曾看见。原来却是叔叔。且请叔叔到楼上去坐。"据此，当是"王干娘要同武大娘子去看虎"，而非"武大娘子要同王干娘去看虎"，并且二人确实已经去看了，只是"去得迟了，赶不上，不曾看见"。看虎，此处指武松打死的景阳冈大虎，被扛入县衙，阳谷县百姓都出来看。

⑤獭（tǎ）尾：獭是一种水陆两栖动物，尾巴长而有力，游泳时以尾为舵。圣叹此处用以比喻文章收尾处要有余势。

⑥二解（xiè）争虎：是指二解与毛太公争虎，而非二解兄弟之间争虎，详见金本《水浒传》第四十八回《解珍解宝双越狱　孙立孙新大劫牢》。二解，指解珍、解宝兄弟。

⑦起解（jiè）：此处指押送罪犯上路。

⑧贩夫皂隶：原指小贩、衙役，泛指社会地位低下之人。

【赏读】

遍览中国古典小说名著，文法如《水浒传》前四十五回者绝无。前四十五回塑造的鲁智深、林冲、杨志、宋江、武松、李逵等,乃至史进、晁盖、吴用、阮小七、张顺、石秀等,无疑是全书的支柱,也是读者所知的"水浒故事"的主要部分,离开了他们,《水浒传》就黯淡无光了。圣叹在论文法时,所举的人物其实也就是这几位,而所举的情节基本上也都在前四十五回。

所谓东都施耐庵序①

人生三十而未娶，不应更②娶。四十而未仕，不应更仕。五十不应为家③，六十不应出游。何以言之？用违其时，事易尽也。④朝日初出，苍苍凉凉，澡头面⑤，裹巾帻⑥，进盘飧⑦，嚼杨木⑧，诸事甫毕，起问可中？⑨中已久矣。中前如此，中后可知。一日如此，三万六千日何有？以此思忧，竟⑩何所得乐矣？每怪人言：某甲⑪于今若干岁。夫若干者，积而有之之谓。今其岁积在何许，⑫可取而数之否？可见已往之吾，悉已变灭⑬；不宁如是⑭，吾书至此句，此句以前已疾变灭：是以可痛也！

快意之事莫若友，快友之快莫若谈。其谁曰不然？然亦何曾多得。有时风寒，有时泥雨，有时卧病，有时不值⑮，如是等时，真住牢狱矣。舍下⑯薄田不多，多种秔米⑰，身不能饮，吾友来需饮也；舍下门临大河，嘉树有荫，为吾友行立蹲坐处也；舍下执炊爨、理盘槅⑱者，仅老婢四人，其凡畜童子⑲，大小十有余人,便于驰走迎送、传接简帖也;舍下童婢稍闲,便课[20]其缚帚[21]织席,缚帚所以扫地,织席供吾友坐也。

吾友毕来[22],当得十有六人。然而毕来之日为少,非甚风雨[23]而尽不来之日亦少,大率[24]日以六七人来为常矣。吾友来,亦不便饮酒,欲饮则饮,欲止先止,各随其心,不以酒为乐,以谈为乐也。吾友谈不及朝廷,非但安分,亦以路遥,传闻为多。传闻之言无实,无实即唐丧唾津[25]矣。亦不及人过失者,天下之人本无过失,不应吾诋诬[26]之也。所发之言,不求惊人,人亦不惊;未尝不欲人解,而人卒[27]亦不能解者,事在性情之际,世人多忙,未曾尝闻也[28]。

吾友既皆绣淡通阔[29]之士,其所发明[30],四方可遇。然而每日言毕即休,无人记录。有时亦思集成一书,用赠后人,而至今阙如者:名心既尽,其心多懒,一;微言求乐,著书心苦,二;身死之后,无能读人,三;今年所作,明年必悔,四也。是《水浒传》七十一卷,则吾友散后,灯下戏墨为多。风雨甚,无人来之时半之[31]。然而经营于心,久而成习,不必伸纸执笔,然后发挥。盖薄暮篱落之下[32],五更卧被之中[33],垂首撚带、睨目观物之际,皆有所遇矣[34]。

或若问[35]:言既已未尝集为一书[36],云何独有此传[37]?则岂非此传成之无名,不成无损,一;心闲试弄，舒卷自恣[38]，二；无贤无愚，无不能读，三；文章得失，小不足悔，四也。呜呼哀哉！吾生有涯[39]，吾呜乎[40]知后人之读吾书者谓何[41]？但取今日以示吾友，吾友读之而乐，斯亦足耳。[42]且未知吾之后身[43]读之谓何，亦未知吾之后身得读此书者乎？吾又安所用其眷念[44]哉！

【注释】

①节选自金圣叹批评《水浒传》之"贯华堂所藏古本水浒传自序"，署"东都施耐庵序"，金圣叹"录之"。此文作者历来有争议，学界大体认同此文系圣叹托名施耐庵之作，考论文章甚多，不赘引。唯此文不仅为圣叹所作，且为圣叹集中"最好的散文"，乃至"中国小品文的一个出色的模型"，故引两段美文家论此美文之美文，以飨读者，并为本书（指《金圣叹小品》）选题选文之佐助也。

周作人《谈金圣叹》："圣叹的散文现在的确只好到他所批书中去找了，在五大部才子书中却也可找出好些文章来，虽然这工作是很不容易。我觉得他替东都施耐庵写的《〈水浒传〉序》最好，此外《水浒》《西厢》卷头的大文向来有名；但我看《唐才子诗》卷一那些谈诗的短札实在很好，在我个人觉得，还比洋洋洒洒的大文更有意思。"（《人间世》第31期，1935年7月刊）

林语堂《日常的娱乐》："中国古人的雅韵，愉快的情绪,可见之于一般小品文,它是中国人的性灵当其闲暇娱乐时的产品。闲暇生活的消遣是它的基本的题旨。主要的材料包括品茗的艺术,镌刻印章,考究其刻艺和石章的品质,研究盆栽花草,培植兰蕙,泛舟湖心,攀登名山,游谒古墓,月下吟诗,高山赏潮——篇篇都具有一种闲适、亲昵、柔和的风格,感情周密有如至友的炉边闲话。富含诗意而不求整律,有如隐士的衣服。一种风格令人读之但觉其味锐酷而又醇熟,有如陈年好酒。字里行间,弥漫一种活现的性灵,乐天自足的气氛,贫于财货而富于情感,鉴识卓越,老练而充满着现世的智慧;可是心地淳朴,满腹热情,却也与世无争知足无为,而具一双伶俐的冷眼,爱好朴素而纯洁的生活。这种愉快的精神最可见之于《水浒传》的序文中——这篇序文依托《水浒传》作者的名义,实际为十七世纪大批评家金圣叹的手笔。这篇序文是中国小品文的一个出色的模型,不论在其方法及材料方面,读来大似一篇闲居杂说,未识何意,作者定要把它冒充小说的序文。"(《吾国与吾民》第九章《生活的艺术》)

②更:再。

③为家:成家立业。

④"用违"二句:错过该做这些事最合适的时机,能做的就不多了。当然,上述三十、四十、五十、六十是否适合做某事,均基于圣叹所处明清之际的时代,或对更早之前古人生命规律的总结,是否适应于我们当下的环境和现实,则

需读者诸君自家拿捏了。

⑤澡头面:洗头、梳头、洗脸等事。澡,洗。

⑥巾帻:古代成年男子以幅巾裹发,有一定的制度。

⑦进盘飧(sūn):进食、吃饭。飧,原指晚饭,也可泛指煮熟的饭食。

⑧嚼杨木:究竟何意,尚有争论,归纳起来,大体有二:一是认为类似于刷牙,杨木类,似牙刷;一是类似于剔牙,杨木类,似牙签。可详见易名《"嚼杨木"辨》(《学术研究》1982年第4期)、易知《"嚼杨木"正》(《学术研究》1983年第1期)、王邦维《也谈"嚼杨木"的由来》(《学术研究》1983年第2期)等文。

⑨"诸事"二句:上述诸事刚刚做完,问是否到中午了。甫毕,刚刚做完。中,日中,即中午、正午。

⑩竟:究竟,终究。

⑪某甲:既可以称人,亦可以自称。此处似两者皆可通。

⑫今其岁积在何许:现在我这几年的岁月积累在哪里呢?积累了多少呢?其,此处当指自己。

⑬已往之吾,悉已变灭:过去的我,都已经不存在了。

⑭不宁如是:不止如此。

⑮不值:遇不到。值,遇见。

⑯舍下:对自己家的谦称。

⑰秫(shú)米:高粱。

⑱执炊爨(cuàn)、理盘槅(gé):指生火做饭,料理菜蔬。爨,生火做饭。盘槅,原指盛满食物的盘子,此处泛指菜蔬。

⑲童子:童仆。

⑳课:教。

㉑缚帚:扎扫帚。

㉒毕来:都来,到齐。

㉓甚风雨:大风雨。

㉔大率:大概,基本上。

㉕唐丧唾津:白白浪费口舌。唐丧,徒劳。

㉖诋诬:诋毁,污蔑。

㉗卒:最终。

㉘"事在"三句:和朋友谈及的都是性情所至之言,世人忙于应付生活,来不及细细体会。

㉙绣淡通阔:才情高妙而又通达疏阔。

㉚发明:启发,阐明。

㉛半之:一半。全句意谓《水浒传》七十卷(指圣叹腰斩后的版本),大多是在朋友聚谈散后所作,也有一部分是疾风骤雨无人来访时所作。半之,取概数而言,非确数也。

㉜薄暮篱落之下:傍晚,在篱笆旁散步之时。

㉝五更卧被之中:天尚未亮,拥被在床之时。五更,亦称五鼓,相当于凌晨三至五时,泛指黎明。

㉞"垂首撚（niǎn）带"三句：低头抚弄衣带，放眼看某物，都会有所得。此指写作成了习惯之后，不必刻意苦思冥想，一举一动之间，文思自如涌泉。此种感觉，只可意会，不能言传。撚，同"捻"。

㉟或若问：有人如果问我。

㊱言既已未尝集为一书：上文既然说自己未尝把朋友间的谈论集录为一书。言，指上文所说之事。

㊲此传：指《水浒传》。

㊳舒卷自恣：既指写作上详略、收舒，也指写书全凭心情，随心而出，随处可住。自恣，恣意而为，不受外界约束。

㊴吾生有涯：意谓生命之有限。语出《庄子·养生主》："吾生也有涯，而知也无涯。"

㊵呜乎：此处指怎么、如何。

㊶谓何：说些什么。指后人读了《水浒传》会如何评价。

㊷"但取"三句：指作者只是把这部书给他今日的朋友看看，朋友看了，如果觉得开心，这就足够了。

㊸吾之后身：佛教用语，指转世之身。即俗谓"来生""下辈子"。此处指作者不知道他来生如能读这部书会作何评价，也不知来生能否读到这部书。

㊹安所用其眷念：又何必对此书念念不忘呢？安，何必，何须。

【赏读】

读罢此文,如啜清茗,余香尚在齿间;如听古琴,余韵犹在耳畔。知堂许之圣叹集中"最好的散文",语堂许之"中国小品文的一个出色的模型",确系知己会心之论,绝无言过其实之嫌。

圣叹之文,实生而为文,非学而为文也。生而为文者,则薄田秕米、大河嘉树、老婢童子、缚帚织席、薄莫篱落、五更卧被、垂首捻带、睨目观物,无一不可以成文。此中之真意,实难与外人道哉!

文章之为物①

今夫文章之为物也,岂不异哉!如在天而为云霞②,何其③起于肤寸④,渐舒渐卷,倏忽万变,烂然为章⑤也!在地而为山川,何其迤逦⑥而入,千转百合,争流竞秀,窅冥无际⑦也!在草木而为花萼⑧,何其依枝安叶,依叶安蒂⑨,依蒂安英⑩,依英安瓣⑪,依瓣安须⑫,真有如神镂鬼簇、香团玉削⑬也!在鸟兽而为翚尾⑭,何其青渐入碧,碧渐入紫,紫渐入金,金渐入绿,绿渐入黑,黑又入青,内视之而成彩,外望之而成耀,不可一端指⑮也!

凡如此者,岂其必有不得不然⑯者乎?夫使云霞不必舒卷,而惨若烽烟⑰,亦何怪于天?山川不必窅冥,而止有坑阜⑱,亦何怪于地?花萼不必分英布瓣,而丑如槶柮⑲;翚尾不必金碧间杂,而块然木鸢⑳,亦何怪于草木鸟兽?然而终亦必然者,盖必有不得不然者也。

至于文章,而何独不然也乎?自世之鄙儒,不惜笔墨,于是到处涂抹,自命作者㉑,乃吾视其所为,实则曾无异于所谓烽烟、坑阜、榾柮、木鸢也者。呜呼!其亦未尝得见我施耐庵之《水浒传》也㉒。

【注释】

①节选自金圣叹批评《水浒传》第八回《柴进门招天下客 林冲棒打洪教头》总批。原无题,据文意拟。

②在天而为云霞:(文章)就好比天上的云霞。下文"在地而为山川""在草木而为花萼""在鸟兽而为翠尾",均是相同的语法。

③何其:状语,表示程度高。意即(文章)是如何达到如下效果的。

④肤寸:古代长度单位。寸,一指宽;肤,四指宽。泛指范围极小。

⑤烂然为章:发出绚烂的纹路。章,纹路、花纹,进而引申为文采。

⑥迤逦:曲折连绵。

⑦窅(yǎo)无末际:遥远得没有边际。

⑧花萼:花的构造之一。包在花瓣外面,花开时托着花冠,可大可小,通常为绿色。

⑨蒂:植物构造之一。花或瓜果跟枝茎相连的部分。

⑩英:花,亦可指叶。

⑪瓣:花瓣。

⑫须:花蕊。

⑬神镂鬼簇、香团玉削:形容天然而成,非人工所致。镂、削,雕刻。簇、团,聚拢、聚集。

⑭翚(huī)尾:五彩山雉的尾羽。下文即铺陈其绚烂多彩。

⑮不可一端指:应该把翚尾当作一个整体来看,而不是只看某一部分。一端,某一点或某一部分。

⑯不得不然:不能不这样,必须如此。

⑰惨若烽烟:像烽火的孤烟那样(单调无味)。

⑱坑阜:低洼之地和土山。

⑲榾柮(gǔ duò):短小无规律的木头、木块。

⑳块然木鸢:单调无色如木制的风筝一样。

㉑自命作者:自以为原创之人。作者,此处当作原创者、创始者之意。

㉒其亦未尝得见我施耐庵之《水浒传》也:圣叹批评《水浒传》,推许施耐庵、《水浒传》不遗余力,随处可见,读者自可感知,无须赘言。

【赏读】

圣叹生而为文,寻常笔墨,自难入法眼。生而为文,古来能有几人?能学而为文者,亦不多见。读书不多,天分不高,又不学无术,却偏爱到处涂抹,每见之,颇觉可怪,不想圣叹在日,既已有之,则是渊源有自矣。一笑。

疟疾文字①

旧人②传言：昔有画《北风图》者，盛暑张之③，满座都思挟纩④；既又有画《云汉图》者，祁寒⑤对之，挥汗不止。于是千载啧啧⑥，诧为奇事。殊未知此特寒热各作一幅，未为神奇之至也。耐庵此篇独能于一幅之中，寒热间作⑦，写雪便其寒彻骨，写火便其热照面。昔百丈大师⑧患疟⑨，僧众请问："伏惟⑩和上⑪尊候⑫若何？"丈云："寒时便寒杀⑬阇黎⑭，热时便热杀阇黎。"今读此篇⑮，亦复寒时寒杀读者，热时热杀读者，真是一卷"疟疾文字"，为艺林⑯之绝奇也。

【注释】

①节选自金圣叹批评《水浒传》第九回《林教头风雪山神庙　陆虞候火烧草料场》总批。原无题，据文意拟。

②旧人：可指古人，亦可指故人，此处二者似皆可通。下文所言《北风图》《云汉图》，史有其事，画家刘褒，东汉时人，其画二图，事见晋人张华《博物志》，云"（褒）尝

画《云汉图》，人见之觉热；又画《北风图》，人见之觉凉"。因此，此旧人可指古人，即张华。但圣叹下文所写，与张华所记，又有不同，其不同之处，或闻之其他古人，或闻之故旧之交，抑或是自家之渲染。

③盛暑张之：在酷暑之时（把《北风图》）张挂出来。

④满座都思挟纩（jiā kuàng）：意谓酷暑之时，见此《北风图》，都觉得寒冷无比，想披上棉衣御寒。这当然是一种极其夸张的手法，目的是突出画家的水平已达到出神入化的境界。挟纩，披上棉衣。

⑤祁（qí）寒：严寒。

⑥啧啧：象声词。此处用于形容赞叹、称奇之声。

⑦"耐庵"二句：指金圣叹所批的《水浒传》第九回《林教头风雪山神庙　陆虞候火烧草料场》，忽而写风雪满天，忽而写火光遍地。

⑧百丈大师：即百丈怀海禅师，唐代高僧，系洪州宗创始人马祖道一的法嗣，因常住地为洪州百丈山（今江西奉新），故称"百丈禅师"。

⑨患疟：得了疟疾。症状多为阵发性忽冷忽热。

⑩伏惟：原指伏在地上想，表示下对上陈述时的敬辞。因下文有百丈大师答语，故此处可解为"伏在地上问"。

⑪和上：原为梵音音译，本义为师长，系尊称，后多作"和尚"，泛指男性僧人。此处即指百丈大师，仍是"师长"之意的尊称。

⑫尊候：用以问候的敬辞。

⑬寒杀：即寒煞，意谓极寒。下文"热杀"，亦是此用法。

⑭阇黎（shé lí），梵语音译，"阿阇黎"之省语，亦作"阇梨"，原意为导师、上师，后泛指僧人。此处是百丈大师自称，取泛指僧人之意。

⑮此篇：仍指金本《水浒传》第九回《林教头风雪山神庙　陆虞候火烧草料场》。

⑯艺林：图书典籍荟萃之处，泛指古往今来的文字作品。

【赏读】

"风雪山神庙"一篇为艺林之绝奇，圣叹又岂非艺林之绝奇？尺幅之间，寥寥数语，以二典故连缀，由一冷一热而至于寒热间作，则此短文，亦是一篇"疟疾文字"。

"风雪山神庙"一篇为《水浒传》之经典，林冲手刃仇人，写得可谓快意恩仇，作者又将此一场景置冰火两重天之中，则不唯书中之林冲，即书外之读者，亦一阵寒杀，一阵热杀也。然考此种寒热间作之文，非《水浒传》之首创，唐人诗中亦多有之，吾颇疑心《水浒传》作者曾受启发也。稍录于后：

杜甫《对雪》："战哭多新鬼，愁吟独老翁。乱云低薄暮，急雪舞回风。瓢弃尊无绿，炉存火似红。数州消息断，愁坐正书空。"

李端《雪夜寻太白道士》："雪路夜朦胧，寻师杏树东。石坛连竹静，醮火照山红。"

白居易《对火玩雪》（节选）："平生所心爱，爱火兼怜雪。火是腊天春，雪为阴夜月。鹅毛纷正堕，兽炭敲初折。盈尺白盐寒，满炉红玉热。稍宜杯酌动，渐引笙歌发。"

白居易《雪朝乘兴欲诣李司徒留守，先以五韵戏之》（节选）："夜寒生酒思，晓雪引诗情。热饮一两盏，冷吟三五声。"

李咸用《雪》："上帝无私意甚微，欲教霖雨更光辉。也知出处花相似，可到贫家影便稀。云汉风多银浪溅，昆山火后玉灰飞。高楼四望吟魂敛，却忆明皇月殿归。"

此外，山神庙、火盆、老军酒葫芦、踏雪沽酒、李小二、冒雪夜奔等，均可于唐人咏雪诗中寻绎。

两刀接连一字不犯①

我读《水浒》至此,不禁浩然而叹也。曰:嗟乎!作《水浒》者虽欲不谓之才子,胡可②得乎?夫人胸中,有非常③之才者,必有非常之笔;有非常之笔者,必有非常之力。夫非非常之才,无以构其思也;非非常之笔,无以摘④其才也;又非非常之力,亦无以副其笔也。

今观《水浒》之写林武师⑤也,忽以宝刀结成奇彩⑥;及写杨制使⑦也,又复以宝刀结成奇彩⑧。夫写豪杰不可尽⑨,而忽然置⑩豪杰而写宝刀,此借非非常之才,其亦安知宝刀为即豪杰之替身,但写得宝刀尽致尽兴,即已令豪杰尽致尽兴者耶?且以宝刀写出豪杰,固已⑪;然以宝刀写武师者,不必⑫其又以宝刀写制使也。今前回初以一口宝刀照耀武师者,接手便又以一口宝刀照耀制使。两位豪杰,两口宝刀,接连而来,对插而起,用笔至此,奇险极矣。即欲不谓之非常,而英英之色⑬,千人万人,莫不共见,其又畴⑭得而不谓之非常乎?

又,一个买刀,一个卖刀,分镳各骋[15],互不相犯,固也;然使于赞叹处、痛悼处,稍稍有一句、二句,乃至一字、二字偶然相同,即亦岂见作者之手法乎?今两刀接连,一字不犯,乃至譬如东泰西华[16],各自争奇。呜呼!特特挺而走险,以自表其"六辔如组,两骖如舞"[17]之能,才子之称,岂虚誉哉!

【注释】

①节选自金圣叹批评《水浒传》第十一回《梁山泊林冲落草 汴京城杨志卖刀》总批。原无题,据文意拟。已写林冲买刀,又写杨志卖刀,圣叹称之为"略犯法"。此种略犯法,书中尚有郑屠肉铺与蒋门神快活林、唐牛儿与郓哥、鲁智深瓦官寺试禅杖与武松蜈蚣岭试戒刀等。在圣叹看来,略犯法已奇险极矣,而《水浒传》偏生有出"正犯法":"如武松打虎后,又写李逵杀虎,又写二解争虎;潘金莲偷汉后,又写潘巧云偷汉;江州城劫法场后,又写大名府劫法场;何涛捕盗后,又写黄安捕盗;林冲起解后,又写卢俊义起解;朱仝、雷横放晁盖后,又写朱仝、雷横放宋江等。正是要故意把题目犯了,却有本事出落得无一点一尽相借,以为快乐是也。真是浑身都是方法。"

②胡可:何可。表示反问。

③非常:非同寻常。

④摛(chī):舒展,施展。

⑤林武师:指林冲。林冲为禁军教头,故有此称。

⑥宝刀结成奇彩:指林冲买刀后被高俅设计骗入白虎堂,污以刺杀之名,刺配沧州。事见金本《水浒传》第六回《花和尚倒拔垂杨柳 豹子头误入白虎堂》。

⑦杨制使:指杨志。杨志曾任殿帅府制使,故有此称。

⑧又复以宝刀结成奇彩:指杨志因失陷花石纲,后在东京谋求复职不果穷困卖刀,杀死泼皮牛二,刺配大名府。事见金本《水浒传》第十一回《梁山泊林冲落草 汴京城杨志卖刀》。

⑨不可尽:写不完。

⑩置:搁置。指暂时不写豪杰本身,而写宝刀。

⑪固已:固然,的确如此。

⑫不必:不一定,没想到。

⑬英英之色:出类拔萃的样子。

⑭又畴:再一次筹划、构思。意谓写林冲买刀,又写杨志卖刀。畴,此处同"筹"。

⑮分镳各骋:两匹马各自奔跑。镳,马嚼子,骑马者用以控制速度。骋,奔跑。

⑯东泰西华:指东岳泰山、西岳华山。

⑰"六辔(pèi)"二句:语出《诗经·大叔于田》:"执辔如组,两骖如舞。"辔,马的嚼子和缰绳。古一车四马,马各二辔,驾车人执中间六辔。组,指六辔有规律地连

接在一起。骖（cān），四马之中靠外侧的二马，此二马之辔系于轼前。

【赏读】

明知故犯而能不犯一字，此圣叹所以盛誉《水浒传》；明知故犯而不能避一字，此圣叹所以腰斩《水浒传》也。由此观之，《水浒传》之性命，全在一"犯"字。然则世间文字千篇一律者，何止《水浒传》七十回以后？恨不能借圣叹之笔刀，一一腰斩之。

何以为活①

阮氏②之言曰:"人生一世,草生一秋。③"嗟乎!意尽乎言④矣。夫人生世间,以七十年为大凡⑤,亦可谓至暂⑥也。乃此七十年也者,又夜居其半,日仅居其半焉,抑⑦又不宁惟是⑧而已。在十五岁以前,蒙⑨无所识知,则犹掷之⑩也。至于五十岁以后,耳目渐废,腰髋不随,则亦不如掷之也。中间仅仅三十五年,而风雨占之,疾病占之,忧虑占之,饥寒又占之,然则如阮氏所谓论秤秤金银,成套穿衣服,大碗吃酒,大块吃肉者,亦有几日乎耶!而又况乎有终其身曾不得一日也者!故作者特于三阮名姓,深致叹焉:曰"立地太岁",曰"活阎罗",中间则曰"短命二郎"⑪。嗟乎!生死迅疾,人命无常,富贵难求,从吾所好,则不著书,其又何以为活也。

【注释】

①节选自金圣叹批评《水浒传》第十四回《吴学究说三

阮撞筹　公孙胜应七星聚义》总批。原无题，据文意拟。

②阮氏：指《水浒传》中的阮氏三雄：阮小二、阮小五、阮小七。三人为手足，世居石碣村，后随晁盖劫生辰纲，到梁山入伙，三人均名列"三十六天罡"。

③"人生"二句：人过一生，就像草过一秋一样，形容生命极为短暂。此处是吴用游说三阮入伙，助晁盖劫生辰纲时，三阮对吴用说的话。此句当属世代累积的谚语，而非三阮的首创。

④意尽乎言：指语言完全把意思表达出来了。中国古代文学和哲学思想中有"言有尽而意无穷""得意忘言""不立文字"等言意之辨，虽不尽相同，但其主张"言""意"分别，则是一致的，确实是一种境界，但如能做到"意尽乎言"，也未尝不是一种境界，甚至在某些角度看，不下于"言意分别"。

⑤大凡：大概。

⑥至暂：极其短暂。

⑦抑：而且。表示递进。

⑧不宁惟是：不仅如此。宁，助词，无义。惟，只是。是，这样。

⑨蒙：蒙昧。指尚未开蒙的儿童。

⑩揶之：扔掉。指虚度光阴。

⑪立地太岁、活阎罗、短命二郎：分别是阮小二、阮小七、阮小五的绰号。圣叹在夹批中对此有进一步阐释："弟

兄三人讳名，可发一叹。盖太岁，生方也；阎罗，死王也；生死相续，中间又是短命，则安得又不著书自娱，以消永日也。"

【赏读】

圣叹的人生虽然只有短短五十多年，但他的人生是一部参透人间离合聚散、人世悲欢苦乐的鸿篇巨制，如果没有爱到须臾不能放下的人和事，那么，这苦海无边的人间与人生，则须臾不能挨过矣！

月上时节^①

月毕竟^②是何物，乃能令人情思满巷如此^③，真奇事也。

人每言英雄无儿女子情，除是英雄到夜便睡着耳。若使坐至月上时节，任是楚重瞳^④，亦须倚栏^⑤长叹。

见夜月便若相思，见晓月便若离别，然其实生平寡缘^⑥，无人可思，生平在家，无人可别也。见此茫茫^⑦，无端忽集^⑧，世又无圣人，我将问谁矣？

已上皆吴趋^⑨王斫山先生^⑩语，偶附于此。先生妙言奇趣，口作风云^⑪，自有斫山语录^⑫行世，想亦天下之所乐得而读也。

【注释】

①节选自金圣叹批评《水浒传》第二十回《虔婆醉打唐

牛儿　宋江怒杀阎婆惜》夹批。原无题，据文意拟。

②毕竟：究竟，到底。

③令人情思满巷如此：此段文字是金本《水浒传》第二十回开头第一句后的夹批。接前回梁山晁盖遣刘唐带着黄金一百两和书信来谢宋江当日私放之恩，宋江不敢收，只取了一条金子和书信，并写了回书给刘唐带回梁山。刘唐带了宋江回书和剩下的黄金，"跟着宋江下楼来。离了酒楼，出到巷口，天色黄昏，是八月半天气，月轮上来"，宋江携住刘唐的手，与之话别。然后，刘唐"见月色明朗，拽开脚步，望西路便走，连夜回梁山泊来"，宋江"乘着月色满街，信步自回下处来，却好的遇着阎婆"。短短几句话内，连写三次"月"，前后文写宋江、阎婆惜、张三之间的男女纠葛，中间又夹带着宋江与梁山晁盖的"血海也似的干系"，一面是儿女之情，一面是英雄之交，而这一切都被这个静静的月色看在了眼里，这月色也就颇不一般了。

④楚重瞳：指项羽。重瞳，一只眼睛里有两个瞳孔。相传项羽有重瞳，事见《史记·项羽本纪》："太史公曰：吾闻之周生曰'舜目盖重瞳子'，又闻项羽亦重瞳子。"

⑤倚栏：靠着栏杆。这是古典诗词中常见的动作描写，多用于抒发感叹、思念。

⑥寡缘：人缘不好。

⑦茫茫：空旷深远。此处主要指月色带来的视觉效果。

⑧无端忽集：（情思）忽然无缘无故地聚拢过来。集，

聚集，聚拢。

⑨吴趋：吴门，即苏州。

⑩王斫山先生：圣叹挚友，详见本书《斫山先生》一文。圣叹批评诸书，多有引斫山先生之语。

⑪口作风云：形容口才出众，出口成章。

⑫语录：一种记录人物言行的文体，如大家熟知的《论语》，就是语录体。

【赏读】

月，对中国文学来说，早已不是作为客观天体的存在，而是一个特殊而弥久的意象。从上古的"嫦娥奔月"，到李白的"床前明月光"，直到现代作家朱自清先生笔下的"荷塘月色"，中国文学从不宁静，而承载这不宁静的，正是那一轮静静的明月。

莫难于说虎①

天下莫易于说鬼，而莫难于说虎。无他，鬼无伦次②，虎有性情③也。说鬼到说不来处④，可以意为补接⑤；若说虎到说不来时，真是大段着力不得⑥。所以《水浒》一书，断不肯以一字犯着鬼怪⑦，而写虎则不惟一篇而已，至于再，至于三⑧。盖亦易能之事，薄之不为⑨，而难能之事⑩，便乐此不疲也。写虎能写活虎，写活虎能写其搏人，写虎搏人又能写其三搏不中：此皆是异样过人笔力。

吾尝论世人才不才之相去⑪，真非十里二十里之可计。即如写虎要写活虎，写活虎要写正搏人时，此即聚千人，运千心，伸千手，执千笔，而无一字是虎，则亦终无一字是虎也。独今耐庵乃以一人、一心、一手、一笔，而盈尺之幅⑫，费墨无多，不惟写一虎，兼又写一人，不惟双写一虎一人，且又夹写许多风沙树石，而人是神人，虎是怒虎，风沙树石是真正虎林。此虽令我读之，尚犹目眩心乱，安望令我作之耶！

我常思画虎有处看，真虎无处看；真虎死有处看，真虎活无处看；活虎正走，或犹偶得一看，活虎正搏人，是断断必无处得看者也。乃今耐庵忽然以笔墨游戏，画出全副活虎搏人图来。今而后要看虎者，其尽到《水浒传》中景阳冈上，定睛饱看，又不吃惊，真乃此恩不小也。

传闻赵松雪好画马[13]，晚更入妙[14]。每欲构思，便于密室解衣踞地[15]，先学为马，然后命笔。一日，管夫人[16]来，见赵宛然马也。今耐庵为此文，想亦复解衣踞地，作一扑、一掀、一剪[17]势耶？东坡《画雁》诗[18]云："野雁见人时，未起意先改。君从何处看，得此无人态？"我真不知耐庵何处有此一副虎食人方法在胸中也。圣叹于三千年中，独以才子许此一人，岂虚誉哉！

【注释】

①本文一二段节选自金圣叹批评《水浒传》第二十二回《横海郡柴进留宾　景阳冈武松打虎》总批，三四段节选自本回夹批，原不相连，今据文意黏合一处。原无题，据文意拟。

②伦次：条理，次序。此处指"鬼"是一种无规律可循

的并不真实存在的对象。

③虎有性情：此指虎是一种真实存在的动物。

④说不来处：说不下去，难以描述。

⑤以意为补接：凭着主观臆想来补叙、接叙。意即当下俗语所谓之"脑补"。

⑥大段着力不得：因为虎是真实存在的动物，具有明确的特征，如果对虎不了解，则不可能凭空想象，下文便难以下笔。

⑦断不肯以一字犯着鬼怪：本书《读〈水浒传〉法·题目》一文的注评已指出，《水浒传》"犯着鬼怪"也不少，甚至整部书装在一个叫"天罡地煞"的神话里，而一百单八将里会装神弄鬼的更不在少数，这还不算"犯着鬼怪"？此处是圣叹为了突出写打虎写得好，因此用以作对比，不可坐实来看。

⑧"而写虎"三句：《水浒传》写虎凡三处：一是武松打虎；二是李逵杀虎；三是解珍解宝与毛太公争虎。虽都是写虎，但写来全不雷同。

⑨薄之不为：轻视而不屑为之。指《水浒传》作者以写鬼为易，故不屑为之。

⑩难能之事：指《水浒传》作者以写虎为难事，而偏要多写。

⑪世人才不才之相去：世人有才和不才的差距。相去，相差。

⑫盈尺之幅：一尺见方的布帛。此处指所用篇幅极省。

⑬赵松雪好画马：赵松雪即赵孟頫，字子昂，号松雪道人，宋末元初著名书画家、诗人。其书法与欧阳询、颜真卿、柳公权并称"楷书四大家"，史称"赵体"；其绘画，为"元人冠冕"。赵氏善画马，同时而稍后的郑元祐有《赵松雪画马》诗："地用莫如马，壶头竟何施？寒风善相不假式，何必郭家口齿谢家髻？神驹龙变如何按式取，譬之图面八骏令人嗤。君不见房星精飞光，夜流拽练明。汉家都厩尽凡骨，冀之北土龙方生。儿能引弓射乌鼠，便解骑过宛王城。玉堂学士亲眼见，貌得风蹄耀流电。山人半世只步行，髀肉何曾识鞍鞯。每每作诗题马图，千金骏骨世所无。人间空费粉墨摹，玄黄牝牡真成诬。"后人作诗咏此者更多。如明代诗作中即有杨士奇《题赵松雪画马》："天闲第一渥洼姿，卓荦腾骧肯受羁。何不翻然绝牵控，蹑云追电看神奇。"朱纯《赵松雪画马》："白发王孙旧宋人，汴宫回首已成尘。伤心畏见北来骑，何事临池为写真。"刘溥《赵松雪画马》："王孙画马世无敌，一画一回飞霹雳。千里长风入彩毫，平沙碧草春无迹。砚池想是通渥洼，突然走出白鼻尤。翻涛浴浪动光彩，云影满身堆玉花。玉花连钱汗流血，骏尾捎风蹄踏铁。何时骑得似画中，踏破阴山古时雪。"

⑭晚更入妙：到晚年更入妙境。

⑮踞地：长时间蹲坐在地上。

⑯管夫人：即管道昇，字仲姬，管伸之女，赵孟頫之

妻，亦善书画，世称"管夫人"。

⑰一扑、一掀、一剪：《水浒传》所谓"大虫拿人"之法："只是一扑，一掀，一剪；三般捉不著时，气性先自没了一半。"此处指施耐庵学虎的动作。

⑱东坡《画雁》诗：即苏轼《高邮陈直躬处士画雁二首》其一："野雁见人时，未起意先改。君从何处看，得此无人态。无乃槁木形，人禽两自在。北风振枯苇，微雪落璀璀。惨澹云水昏，晶荧沙砾碎。弋人怅何慕，一举渺江海。"

【赏读】

写鬼写虎，究竟孰难？圣叹以为写鬼易而写虎难，自是说得在理，细思之，反之亦然。盖写虎者，描摹也；写鬼者，原创也。画马画虎，尚有可学处，写鬼何处去学？《水浒传》不写鬼怪，安知非以写虎易而写鬼难，取其易而避其难耶？一笑。

吓杀憨杀①

上篇②写武二遇虎，真乃山摇地撼，使人毛发倒卓③。忽然接入此篇④，写武二遇嫂，真又柳丝花朵，使人心魂荡漾也。吾尝见舞槊⑤之后，便欲搦管临文⑥，则殊苦手颤⑦；铙吹⑧之后，便欲洞萧清啭⑨，则殊苦耳鸣⑩；驰骑⑪之后，便欲入班拜舞⑫，则殊苦喘急⑬；骂座⑭之后，便欲举唱梵呗⑮，则殊苦喉燥⑯。何耐庵偏能接笔而出，吓时便吓杀人，憨时便憨杀人，并无上四者⑰之苦也！

【注释】

①节选自金圣叹批评《水浒传》第二十三回《王婆贪贿说风情　郓哥不忿闹茶肆》总批。原无题，据文意拟。

②上篇：指前一回，即金本第二十二回"景阳冈武松打虎"一节。

③倒卓：倒立，倒竖。

④此篇：即金本第二十三回，写潘金莲先是勾引武松，

未遂，又在王婆撮合下与西门庆通奸。

⑤槊（shuò）：古代重型长兵器。苏东坡《赤壁赋》写曹操横槊赋诗，《三国演义》第四十八回也曾写此事。

⑥搦（nuò）管临文：拿起笔写文章。搦，拿着。管，笔。

⑦殊苦手颤：以手颤为苦。因槊是重型长兵器，横槊或舞槊均须一定的臂力，舞毕之后，手掌会有一段时间颤抖失力，若此时马上握笔写字，很难用得上力。

⑧铙（náo）吹：铙歌，即用笛、觱篥、箫、笳、铙、鼓等乐器演奏军乐。

⑨清啭：清脆婉转之声。

⑩殊苦耳鸣：刚演奏完雄壮洪亮的军乐后，会有一段时间的耳鸣，此时马上改吹洞箫，则难以发出清脆婉转的声音。

⑪驰骑：策马疾驰。

⑫入班拜舞：古代朝拜礼仪之一，加入臣僚班列叩首、舞蹈。

⑬殊苦喘急：因策马疾驰而引起的呼吸急促，难以镇定地参加朝拜仪式。

⑭骂座：一作"骂坐"，咒骂同座的客人。语出《史记·魏其武安侯传》："劾灌夫骂坐不敬，系居室。"

⑮举唱梵呗：指诵经念佛之声。

⑯殊苦喉燥：指方骂完别人，口干舌燥，难以马上诵经

念佛；也可引申为刚说完污言秽语，难以马上做类似诵经念佛之类的圣洁之事。

⑰无上四者：指上文所列的四种苦。

【赏读】

无论科学研究，抑或是文学欣赏，读书最忌精神疲劳，故王静安先生虽读书极多，仍主张交叉法，即同时阅读两种或两种以上，如只专读一种，则极易疲劳，疲劳则易厌学也。文学欣赏则更是如此，何也？因学术著作犹冷静、理性之作，不易动读者之情绪，而文学作品则多热烈、感性之笔，尤易动人心魄。如整部《水浒传》一路都是武松打虎，则虎尚未打完，人早已吓死矣。一笑。

又，金批《水浒传》对明清小说评点影响极大，毛氏父子批评《三国演义》，就此交叉法亦有阐述，摘录于后，聊作备闻，读者诸君互相参详。

毛宗岗《读三国志法》（摘录）

《三国》一书，有笙箫夹鼓、琴瑟间钟之妙。如正叙黄巾扰乱，忽有何后、董后两宫争论一段文字；正叙董卓纵横，忽有貂蝉凤仪亭一段文字；正叙催、汜猖狂，忽有杨彪夫人与郭汜之妻来往一段文字；正叙下邳交战，忽有吕布送女、严氏恋夫一段文字；正叙冀州厮杀，忽有袁谭失妻、曹丕纳妇一段文字；正叙荆州事变，忽有蔡夫人商议一段文字；正叙赤壁鏖兵，忽有曹操欲取二乔一段文字；正叙宛城交攻，忽有张济妻与曹操相遇一段文字；正叙赵云取桂阳，忽有赵范寡嫂敬酒一段文字；正叙昭烈争荆州，忽有孙权亲妹洞房花烛一段文字；正叙孙权战黄祖，忽有孙翊妻为夫报仇一段文字；正叙司马懿杀曹爽，忽有辛宪英为弟画策一段文字。至于袁绍讨曹操之时，忽带叙郑康成之婢；曹操救汉中之日，忽带叙蔡中郎之女。诸如此类，不一而足。人但知《三国》之文是叙龙争虎斗之事，而不知为凤、为鸾、为莺、为燕，篇中有应接不暇者，令人于干戈队里时见红裙，旌旗影中常睹粉黛，殆以豪士传与美人传合为一书矣。

《水浒》之奇①

吾尝言：不登泰山，不知天下之高②；登泰山不登日观③，不知泰山之高也。不观黄河，不知天下之深；观黄河不观龙门④，不知黄河之深也。不见圣人⑤，不知天下之至⑥；见圣人不见仲尼⑦，不知圣人之至⑧也。乃今于此书也⑨亦然。不读《水浒》，不知天下之奇；读《水浒》不读设祭⑩，不知《水浒》之奇也。呜呼！耐庵之才，其又岂可以斗石计之⑪乎哉！

【注释】

①节选自金圣叹批评《水浒传》第二十五回《偷骨殖何九送丧 供人头武二设祭》总批。原无题，据文意拟。

②"不登"二句：《孟子·尽心上》有"孔子登东山而小鲁，登泰山而小天下"之句，杜甫有"会当凌绝顶，一览众山小"之诗，盖有所渊源。按，泰山海拔并不算太高，但所在华北平原，以泰山最高，且历代帝王于此封禅，故泰山独尊于五岳，并以为天下最高峰。泰山既如此之高，登泰山

而望天,则天之高可知矣。

③日观:此处指登泰山观日出。

④龙门:即禹门口。黄河咽喉,在今山西河津西北和陕西韩城东北。黄河至此,两岸峭壁对峙,形如门阙,故名。相传大禹治水即在此处,又称禹门。古代戏曲中常有"跳过禹门三尺浪,俄然平地一声雷"等套语,即"鲤鱼跃龙门"之意。

⑤圣人:此处指德行超群之人。

⑥天下之至:天下德行最高的人。至,极点。

⑦仲尼:即孔子,名丘,字仲尼。

⑧圣人之至:即孔子是天下圣人的极点。

⑨也:语气词。此处表示停顿作用。

⑩设祭:即指金本《水浒传》第二十五回《偷骨殖何九叔送丧 供人头武二郎设祭》。

⑪以斗(dǒu)石(dàn)计之:语出宋无名氏《释常谈·八斗之才》:"文章多,谓之'八斗之才'。谢灵运尝曰:'天下才有一石,曹子建独占八斗,我得一斗,天下共分一斗。'"曹子建,即曹植,字子建,三国时期著名诗人,与其父曹操、其兄曹丕并称"三曹",其才之高,有七步成诗之说。斗、石,均系古代计量单位,十升为一斗,十斗为一石。

【赏读】

《水浒》之奇,不止"设祭"一节;然"设祭"一节,实令人毛发尽竖。《水浒》血腥处,尚不止此,古人云"少不读《水浒》",盖亦事出有因。

因文生事^①

尝怪宋子京^②官给椽烛^③修《新唐书》。嗟乎！岂不冤哉^④！夫修史者，国家之事也；下笔者，文人之事也。国家之事，止于叙事而止，文非其所务也。若文人之事，固当不止叙事而已，必且心以为经，手以为纬，踌躇^⑤变化，务撰而成绝世奇文焉。

岂有稗官之家，无事可纪，不过欲成绝世奇文以自娱乐，而必张定是张，李定是李^⑥，毫无纵横曲直、经营惨淡之志者哉？则读稗官，其又何不读宋子京《新唐书》也！

如此篇^⑦武松为施恩打蒋门神，其事^⑧也；武松饮酒，其文^⑨也。打蒋门神，其料也；饮酒，其珠玉锦绣之心也。故酒有酒人，景阳冈上打虎好汉，其千载第一酒人也。酒有酒场，出孟州东门，到快活林^⑩十四五里田地，其千载第一酒场也。酒有酒时，炎暑乍消^⑪，金风飒起^⑫，解开衣襟，微风相吹，其千载第一酒时也。酒有酒令[13]，"无三不过望[14]"，其千载第一酒令也。酒有酒监[15]，连饮三碗，便起身走，其千载第一酒监也。酒有酒筹[16]，十二三家卖酒望竿，其千载第一酒筹也。酒有行酒人[17]，未到望边，先已筛满，三碗既毕，急急奔去，其千载第一行酒人也。酒有下酒物，忽然想到亡兄[18]而放声一哭，忽然恨到奸夫淫妇[19]而拍案一叫，其千载第一下酒物也。酒有酒怀，记得宋公明在柴王孙庄上[20]，其千载第一酒怀也。酒有酒风，少间蒋门神无复在孟州道上[21]，其千载第一酒风也。酒有酒赞[22]，"河阳风月"四字，"醉里乾坤火，壶中日月长"十字，其千载第一酒赞也。酒有酒题，"快活林"，其千载第一酒题也。

凡若此者，是皆此篇之文也，并非此篇之事也。如以事而已矣，则施恩领却武松去打蒋门神，一路吃了三十五六碗酒，只依宋子京例，大书一行足矣，何为乎又烦耐庵撰此一篇也哉？甚矣，世无读书之人，吾未如之何[23]也！

【注释】

①节选自金圣叹批评《水浒传》第二十八回《施恩重霸孟州道 武松醉打蒋门神》总批，原文不相连，据文意黏合一处。原无题，据文意拟。圣叹在《读第五才子书法》中对

此有所阐述:"某尝道《水浒》胜似《史记》,人都不肯信,殊不知某却不是乱说。其实《史记》是以文运事,《水浒》是因文生事。以文运事,是先有事生成如此如此,却要算计出一篇文字来,虽是史公高才,也毕竟是吃苦事。因文生事即不然,只是顺着笔性去,削高补低都由我。"

②宋子京:即宋祁,字子京,北宋史学家、文学家,与其兄宋庠皆有文名,并称"二宋"。官至工部尚书,曾与欧阳修等共修《新唐书》。

③官给椽(chuán)烛:指宋祁是奉旨修史,而非私人著述。椽烛,像椽那么大的烛,形容很大。亦可引申为官方拨付的经费十分充足。椽,放在檩上架着屋面板和瓦的木条。

④岂不冤哉:指后世曾指《新唐书》有些部分的记述,和《旧唐书》相比过于简略,特别是本纪。但圣叹认为这是合理的,他接下来便是解释这一问题,主要观点是:史官之笔,叙事而已,无须渲染铺排;反之,文人之笔,则不当止于叙事,否则读史可也,何必读稗官?

⑤踌躇:此处指思量、考虑(如何使文笔多变多彩)。

⑥张定是张,李定是李:形容稗官文字一板一眼,毫无纵横变化之奇。

⑦此篇:即金本《水浒传》第二十八回"武松醉打蒋门神"一节。

⑧其事:指武松打蒋门神是本回的主要情节,是故事

主线。

⑨其文：武松饮酒至，然后醉打蒋门神，其"饮酒""醉打"是见作者文字功力之处。"其事"与"其文"之关系，可理解为句子主干与定语、状语、补语的关系。简言之，"其事"是"武松打蒋门神"，"其文"是"什么样的武松""打什么样的蒋门神""怎么打""在哪里打""打得怎么样"，等等。

⑩快活林：地名，即蒋门神所在之地。原是施恩在这里经营酒店，后被蒋门神夺去，施恩因此请武松来夺回。

⑪炎暑乍消：炎热的酷暑刚刚消退。

⑫金风飒起：秋风渐起。金风，秋风。古人将四季与四方、五行对应，西方为秋，主金，故秋风又称为"金风"。

⑬酒令：酒席上的一种助兴游戏，往往有罚，受罚者一般要饮酒。

⑭无三不过望：这是武松前往快活林之前对施恩提的要求，出城之后，每遇到一个酒家，就要请他吃三碗酒，无三碗酒，便不前行。望，古时店家的招牌，一般用布条缀于竿顶，悬于门前。此处即指酒家。武松一路先是"约莫也吃过十来处酒肆"，后又"再吃过十来碗酒"，方到蒋门神酒店。无三不过望，是武松反景阳冈酒家"三碗不过冈"而用之。施恩怕他吃这么多酒如何打蒋门神，武松大笑，说："你怕我醉了没本事？我却是没酒没本事！带一分酒便有一分本事！五分酒五分本事！我若吃了十分酒，这气力不知从何而

来！若不是酒醉后了胆大，景阳冈上如何打得这只大虫？那时节，我须烂醉了好下手，又有力，又有势！"武松此言，看似大话，看似醉话，但现在看来面对的是蒋门神这只大虫，他要吃酒壮胆，焉知非真话？焉知非实话？

⑮酒监：酒席上监督饮酒的人。此处指武松吃酒，每到一个酒家，连饮三碗，起身便走，无须酒监，亦是最好的酒监。

⑯酒筹：酒席上用以记巡数的竹签，也叫酒算、酒枚。此处指武松每家吃三碗，不必专门用酒筹计算，亦是最好的酒筹。

⑰行酒人：斟酒之人。此处指每到一酒家，施恩都先安排好仆人在那里等候，武松一到，便将酒来筛。

⑱亡兄：武松之兄武大，被潘金莲伙同王婆、西门庆毒死。

⑲奸夫淫妇：指西门庆、潘金莲。

⑳宋公明在柴王孙庄上：事见金本《水浒传》第二十二回"横海郡柴进留宾"一节。宋公明，即宋江，字公明，绰号"及时雨"。柴王孙，即柴进，绰号"小旋风"，因他是五代后周世宗柴荣嫡派子孙，家中有宋太祖御赐丹书铁券，故称"柴王孙"。宋江、武松于柴进庄上初见，全书故事情节亦由此转入著名的"武（松）十回"。

㉑蒋门神无复在孟州道上：武松醉打蒋门神之后，蒋氏求饶，武松要求他三件事：速离快活林，一应物事随即交还

施恩；叫快活林为头为脑的人都来向施恩赔话；连夜回乡，不许在孟州住。如不然，轻则打半死，重则要了命。

㉒酒赞：赞颂酒的诗文。下文"河阳风月"是蒋门神酒店望子上的字，"醉里乾坤大，壶中日月长"是门前栏杆上两把销金旗上的对子。

㉓未如之何：无可奈何，莫可奈何。

【赏读】

此一篇《因文生事》论，叹为观止。《水浒》之文字自妙极，但世无圣叹，则读者亦轻轻过了，如何皆能尽知其妙？既有知者之，如何能有此一篇《武松醉打蒋门神赋》？此吾所以谓圣叹乃《水浒》之再生父母也。

两隽双璧①

文章家有过枝接叶处，每每不得与前后大篇一样出色。然其叙事洁净，用笔明雅，亦殊未可忽也。譬诸游山者游过一山，又问一山，当斯之时，不无借径于小桥曲岸、浅水平沙。然而前山未远，魂魄方收，后山又来，耳目又费，则虽中间少有不称，然政不致遂败人意。又况其一桥一岸、一水一沙，乃殊非七十回后一望荒屯绝徼之比。②想复晚凉新浴③，豆花棚下，摇蕉扇，说曲折，兴复不浅也。看他写花荣④，文秀之极，传武松后定少不得此人。可谓矫矫虎臣，翩翩儒将，分之两隽，合之双璧⑤矣。

【注释】

①节选自金圣叹批评《水浒传》第三十二回《宋江夜看小鳌山 花荣大闹清风寨》总批。原无题，据文意拟。

②"譬诸"十四句：意为过场性的文字，虽然不及前文后文精彩，但其作用在舒缓读者的阅读情绪，与全文第一句

意思相近；反过来，过场性文字也并非毫无标准、毫无底线，当以读者仍有兴趣继续阅读为标准、为底线。在圣叹看来，《水浒传》七十回以后，就是毫无标准、毫无底线的文字，就像一望无际的荒原和边疆，而非其所谓的"小桥曲岸，浅水平沙"。政，同"正"。荒屯，荒原、荒地。绝徼（jiào），极远的边疆。

③新浴：刚洗了澡。

④花荣：善射，绰号"小李广"，原为清风寨副知寨，后到梁山入伙，为三十六天罡中的天英星。花荣虽是武将，但长相文秀，为人亦斯文，

⑤分之两隽（jùn），合之双璧：分而观之，则写武松雄武之极，写花荣文秀之极，分得文武之隽；合而观之，则二人又是文武合璧。

【赏读】

此篇与前文所选"吓杀憨杀"之交叉法有相通之处，然前一种写法多偏于英雄事中间以儿女之情，而此一种写法多是武间以文、动间以静。毛氏父子批评《三国演义》于此法亦有阐述，录之以便互为参详。

毛宗岗《读三国志法》（摘录）

《三国》一书，有寒冰破热，凉风扫尘之妙。如关公五关斩将之时，忽有镇国寺内遇普静长老一段文字；昭烈跃马檀溪之时，忽有水镜庄上遇司马

先生一段文字；孙策虎踞江东之时，忽有遇于吉一段文字；曹操进爵魏王之时，忽有遇左慈一段文字；昭烈三顾草庐之时，忽有遇崔州平席地闲谈一段文字；关公水淹七军之后，忽有玉泉山月下点化一段文字。至于武侯征蛮而忽逢孟节，陆逊追蜀而忽遇黄承彦，张任临敌而忽问紫虚丈人，昭烈伐吴而忽问青城老叟。或僧或道，或隐士或高人，俱于极喧闹中求之，真足令人躁思顿清，烦襟尽涤。

褒贬在笔墨之外①

一部书中写一百七人②最易,写宋江最难。故读此一部书者,亦读一百七人传最易,读宋江传最难也。

盖此书写一百七人处,皆直笔也,好即真好,劣即真劣。若写宋江则不然,骤读之③而全好,再读之而好劣相半,又再读之而好不胜劣,又卒读之④而全劣无好矣。夫读宋江一传,而至于再,而至于又再,而至于又卒,而诚有以知其全劣无好,可不谓之善读书人哉⑤!

然吾又谓由全好之宋江而读至于全劣也犹易,由全劣之宋江而写至于全好也实难。⑥乃今读其传,迹⑦其言行,抑何寸寸而求之,莫不宛然忠信笃敬君子也?篇则无累⑧于篇耳,节则无累于节耳,句则无累于句耳,字则无累于字耳。虽然⑨,诚如是者⑩,岂将以宋江真遂为⑪仁人孝子之徒哉?《史》不然乎?⑫记汉武,初未尝有一字累汉武也,然而后之读者莫不洞然⑬明汉武之非是,则是褒贬固在笔墨之外⑭也。

呜呼！稗官亦与正史同法，岂易作哉？岂易作哉！

【注释】

①节选自金圣叹批评《水浒传》第三十五回《梁山泊吴用举戴宗　揭阳岭宋江逢李俊》总批。原无题，据文意拟。

②一百七人：指梁山好汉除宋江以外的一百零七将。其实《水浒传》不止写了这一百零八将，这一百零八将也并非个个都写得好，圣叹此处不过是以部分代整体，着眼点在以宋江与其余一百零七将的比照。

③骤读之：指初次读《水浒传》。

④卒读之：指读完《水浒传》。

⑤可不谓之善读书人哉：难道不能称为善于读书之人吗？

⑥"然吾"二句：意谓宋江为人本来全劣，故读者初以为好，卒以为劣，自然会现出原形。但从作者角度而言，把一个全劣之宋江写成看似全好之宋江，则实是难事。

⑦迹：追寻踪迹。

⑧无累：不牵累。指《水浒传》中并无一篇、一节、一句、一字明写宋江之劣。

⑨虽然：虽然如此。

⑩诚如是者：确实如此。

⑪遂为：就是。

⑫《史》不然乎：《史记》不也是这样吗？《史》，即

《史记》。

⑬洞然：洞见，明白无误。

⑭褒贬固在笔墨之外：孔子编《春秋》，有一字寓褒贬之法，如最著名之"赵盾弑君"，今圣叹反其意而用之，认为《水浒传》明写宋江之好，实写宋江之劣，并以《史记》写汉武帝与之类比。

【赏读】

记得小时候看电视，总要问大人，这是好人还是坏人，大人总要明白告诉，否则一定会打破砂锅问到底。那时看来，世上之人，非好即坏。殊不知，尚有不好不坏、既好且坏、时好时坏、先好后坏、先坏后好、明好暗坏、明坏暗好等各色人等。虚度卅八，唯自知与知人最难。

《水浒》以外更无文章[①]

尝观古学剑之家，其师必取[②]弟子，先置之断崖绝壁之上，迫之疾驰[③]；经月[④]而后，授以竹枝，追刺猿猱[⑤]，无不中者；夫而后归之室中，教以剑术，三月技成，称天下妙也。圣叹叹曰：嗟乎！行文亦犹是矣。夫天下险能生妙，非天下妙能生险也。险故妙，险绝故妙绝；不险不能妙，不险绝不能妙绝也。

游山亦犹是矣。不梯而上[⑥]，不縆而下[⑦]，未见其能穷山川之窈窕，洞壑又隐秘也。梯而上，縆而下，而吾之所至，乃在飞鸟徘徊、蛇虎踯躅[⑧]之处，而吾之力绝，而吾之气尽，而吾之神色索然犹如死人，而吾之耳目乃一变换，而吾之胸襟乃一荡涤，而吾之识略乃得高者愈高，深者愈深，奋而为文笔，亦得愈极高深之变也。

行文亦犹是矣。不阁笔[⑨]，不卷纸，不停墨，未见其有穷奇尽变、出妙入神之文也。笔欲下而仍阁，纸欲舒而仍卷，墨欲磨而仍停，而吾之才尽，而吾之髯断,而吾之目矐⑩,而吾之腹痛,而鬼神来助,而风云急通,而后奇则真奇,变则真变,妙则真妙,神则真神也。吾以此法遍阅世间之文,未见其有合者。今读"还道村"一篇⑪,而独赏其险妙绝伦。嗟乎!支公畜马,爱其神骏⑫。其言似谓自马以外,都更无有神骏也者;今吾亦虽谓自《水浒》以外,都更无有文章,亦岂诬哉?

【注释】

①节选自金圣叹批评《水浒传》第四十一回《还道村受三卷天书 宋公明遇九天玄女》总批。原无题,据文意拟。

②取:选取。

③迫之疾驰:逼迫他飞快地奔跑。

④经月:一个月,亦可指月亮经历一个朔日(农历初一)和望日(农历十五)的时间。可泛指一段时间。

⑤猱(náo):古籍所记的一种猴。明人刘元卿有《猱》一文,可参阅。

⑥梯而上:利用梯子原理的器具登山。

⑦缒(zhuì)而下:用绳索拴住而下山。

⑧踯躅:徘徊不前。

⑨阁笔:同"搁笔",停笔。下文"笔欲下而仍阁"的"阁",亦是此意。

⑩矐(huò):失明。

⑪"还道村"一篇：指金本《水浒传》第四十一回《还道村受三卷天书　宋公明遇九天玄女》。

⑫"支公"二句：语出《世说新语·言语》："支道林常养数匹马。或言：'道人畜马不韵。'支曰：'贫道重其神骏。'"支公，指支遁，字道林，世称"支公"，东晋高僧。贫道，支道林自称。魏晋南北朝时，佛教僧人亦称为"道人"，自称"贫道"，唐以后改自称"贫僧"。神骏，良马之姿。

【赏读】

《水浒》一书虽奇，然并非卷卷奇、回回奇、句句奇、字字奇，"三卷天书、九天玄女"一节原是圣叹所谓鬼神之谈，本是《水浒》文字中乏力之处，如何圣叹之批评反妙于他处？此方是真奇。想来圣叹不过是技痒，聊借"水浒"一个题目，写出自己胸中无数锦绣文章也。

评话中说评话[①]

景之奇幻者,镜中看镜;情之奇幻者,梦中圆梦;文之奇幻者,评话中说评话[②]。如豫章城双渐赶苏卿[③],真对妙景,焚妙香,运妙心,伸妙腕,蘸妙墨,落妙纸,成此妙裁也。虽然,不可无一,不可有二。[④]江瑶柱[⑤]连食[⑥],当复口臭,何今之弄笔小儿学之至十百,卒未休也?豫章城双渐赶苏卿,妙绝处正在只标题目,便使后人读之,如水中花影,帘里美人,意中早已分明,眼底正自分明不出。若使当时真尽说出,亦复何味耶?

【注释】

①节选自金圣叹批评《水浒传》第五十回《插翅虎枷打白秀英　美髯公误失小衙内》总批。原无题,据文意拟。

②评话中说评话:此处即指金本《水浒传》第五十回"插翅虎枷打白秀英"一节中写到雷横听白秀英说"豫章城双渐赶苏卿"。评话,同"平话",即说话、说书。意谓《水

浒传》本是话本而来，原先就是一种说书，而说书中又有白秀英说话的情节。

③豫章城双渐赶苏卿：宋元时期广为流传的爱情故事，不少杂剧、话本曾取材于此。本事最早见于《永乐大典》卷二千四百零五引《醉翁谈录》之《苏少卿》，但现存《醉翁谈录》无此篇。可详见赵万里《〈水浒传〉双渐赶苏卿故事考》，《国立北平图书馆年刊》第3卷第1期，1929年7月。豫章城，即今江西南昌。双渐、苏卿，分别是故事中的男女主人公。

④"不可"二句：指此种情节不可或缺，但同一书中不能再写第二次。

⑤江瑶柱：也叫瑶柱、干瑶柱、江珧柱等，此处当指江珧科贝类闭壳肌的干制品。

⑥连食：连着吃。意谓即使像江瑶柱这样的高档海产品，连续吃也是会有口臭的，形容再好的创意，连续使用多了，也就失去了韵味。

【赏读】

《水浒传》"评话中说评话"并非只有一次。百廿回本第一百十回"宋江东京城献俘"中又有一次，只是已被圣叹"腰斩"。

此次主要写宋江已接受朝廷招安，率军平定王庆之后，回到汴京，正值上元节，城内大放烟火，燕青带着李逵进城看灯，来到勾栏瓦肆前，听到里面正在说"关云长刮骨疗毒"。李逵听了,"在人丛中高叫道:'这个正是好男子!'众人失惊,都看李逵,燕青慌忙拦道:'李大哥,你怎地好村!勾栏瓦舍,如何使得大惊小怪这等叫!'李逵道:'说到这里,不由人喝采!'燕青拖了李逵便走"。

从篇幅而言,此次"评话中说评话"写得更为详细。作者不仅通过李逵情不自禁地喝彩来衬托说书人技艺之高妙,还把"关云长刮骨疗毒"的具体过程也写了出来:"当时有云长左臂中箭,箭毒入骨。华佗道:'若要此疾毒消,可立一铜柱,上置铁环,将臂膊穿将过去,用索拴牢,割开皮肉,去骨三分,除却箭毒,却用油线缝拢,外用敷药贴了,内用长托之剂,不过半月,可以平复如初。因此极难治疗。'关公大笑道:'"大丈夫死生不惧,何况只手?不用铜柱铁环,只此便割何妨!'随即叫取棋盘,与客弈棋,伸起左臂,命华佗刮骨取毒,面不改色,谈笑自若。"

这简直是在"水浒"之中插了一段"三国"。而圣叹恰恰认为,作者写白秀英说"豫章城双渐赶苏卿"时,"妙绝处正在只标题目,便使后人读之,如水中花影,帘里美人,意中早已分明,眼底正自分明不出。若使当时真尽说出,亦复何味耶?"《水浒传》七十回以后"当斩"的原因,当然也包括说"关云长刮骨疗毒"这样"真尽说出"的情节。

犹疑身在旧塾①

吾读呼延爱马之文②,而不觉垂泪浩叹。何也?夫呼延爱马,则非为其出自殊恩③也,亦非为其神骏④可惜也,又非为其藉此恢复⑤也。夫天下之感,莫深于同患难;而人生之情,莫重于周旋⑥久。盖同患难,则曾有生死一处之许;而周旋久,则真有性情如一之谊也。是何论亲之与疏⑦,是何论人之与畜,是何论有情之与无情⑧!

吾有一苍头⑨,自幼在乡塾,便相随不舍。虽天下之骏⑩,无有更甚于此苍头也者,然天下之爱吾,则无有更过于此苍头者也,而不虞⑪其死也。吾友有一苍头,自与吾友往还,便与之风晨雨夜⑫,同行共住。虽天下之骏,又无有更甚于此苍头也者,然天下之知吾,则又无有更过于此苍头者也,而不虞其去⑬也。吾有一玉钩⑭,其质⑮青黑,制作朴略,天下之弄物⑯,无有更贱于此钩者。自周岁时,吾先王母⑰系吾带上,无日不在带上,犹五官之第六,十指之一枝也。无端⑱渡河坠于中流[19]，至今如缺一官[20]，如隳一指[21]也。然是三者，犹有其物[22]也。吾数岁时，在乡塾中临窗诵书，每至薄暮，书完[23]日落，窗光苍然[24]，如是者[25]几年如一日也。吾至今暮窗欲暗[26]，犹疑身在旧塾[27]也。

夫学道[28]之人，则又何感何情之与有[29]，然而天下之人之言感言情者，则吾得而知之矣。吾盖深恶天下之人之言感言情，无不有为为之[30]，故特于呼延爱马，表而出之也。

【注释】

①节选自金圣叹批评《水浒传》第五十六回《徐宁教使钩镰枪　宋江大破连环马》总批。原无题，据文意拟。

②呼延爱马之文：指金本《水浒传》第五十六回《徐宁教使钩镰枪　宋江大破连环马》写呼延灼于大军覆没之际、独自逃难之时，仍细心照料他的坐骑——御赐踢雪乌骓马。圣叹于此特批一笔："自此以下，以踢雪乌骓生波作折，另是一样章法。"下文又连批："都从马上写，细妙之极""一路都从马上着笔，细妙之极""我尝言美人爱青镜，名士爱古砚，大将爱良马，此处又一写出""一路都从马上着意""上文写大军覆没之后，更无一物可恃，只爱念得此一匹马；此文写大军覆没之后，更无一长可说，只夸示得此一匹马。人至失意时，真是活活如此""别事都不经心，勤勤只嘱此马，不惟章法应尔，亦写将军之与战马，真有死生知己之感

也""第一节先赐一匹马,第二节布出无数马,第三节葬送无数马,第四节并失一匹马,章法妙绝奇绝",等等。呼延,即呼延灼,北宋名将呼延赞嫡派子孙,善使双鞭,原为汝宁郡都统制,后归梁山,位列三十六天罡之天威星。

③殊恩:特殊的恩情。此处特指呼延灼的坐骑为御赐之物。

④神骏:良马之姿。

⑤藉此恢复:借用踢雪乌骓马的力量来恢复被梁山大败的不利形势。

⑥周旋:照顾,周济。此处当作追随、照料之意。

⑦何论亲之与疏:无论亲疏,与亲疏无关。下文亦是此用法。

⑧何论有情之与无情:无论有情还是无情。有情、无情,在此处指有无生命之物。有情,大体指人或动物,如下文的"苍头";无情,大体指无生命之物,如下文的"玉钩"。

⑨苍头:此处指奴仆、书童等人。

⑩騃(ái):此处指呆愚无知之人。

⑪不虞:不料,意料不到;亦作死亡的婉辞。

⑫风晨雨夜:刮风的早晨和下雨的夜晚,泛指二人历经风雨。

⑬去:离开。此处亦婉指死亡。

⑭玉钩:玉制的钩挂,但从下文的描写看,可能只是钩

挂的美称,并非玉制。

⑮质:材质。

⑯弄物:用于玩赏的物件。

⑰先王母:已故的祖母。

⑱无端:无缘无故,没有来由。

⑲中流:河流的中央。

⑳如缺一官:就像五官(上文比之第六官)少了一官。

㉑如虺(huī)一指:就像十指(上文比之第十一指)毁了一指。

㉒然是三者,犹有其物:指上文所述的苍头、吾友之苍头、玉钩,都是具体存在的事物。下文即由有形之人、物进而至无形之光阴。

㉓书完:读完(这一天该读的)书。

㉔窗光苍然:窗前被夕阳照射的余晖茫茫。

㉕如是者:像这样(的时光)。

㉖至今暮窗欲暗:直到现在,每到傍晚窗前欲暗之时。

㉗旧塾:即指上文所述幼时所读的乡塾。

㉘学道:原指学仙,此处亦指道貌岸然之徒。

㉙又何感何情之与有:即有何感情。

㉚有为为之:为了某种目的而为之。

【赏读】

若问圣叹有无修齐治平之才,则吾不知,以吾度之,与之冷水一盆，令其烧开，恐要费半日之功；然若论圣叹作文之法，则吾必曰生而为文。非但生而为文，直若为文而生也。若问除圣叹外，生而为文、为文而生者尚有何人，答曰：唯苏东坡也。恐读者诸君不肯信，故包藏至今而不敢出此言，今到此文，不能不出也。

奴才①

奴才,古作奴财,始于郭令公②之骂其儿,言为群奴之所用也。乃自今日观之,而群天之下又何此类之多乎哉!

一哄之市,抱布握粟,梦如③也。彼梦如者何为也?为奴财而已也。山川险阻,舟车翻覆,梦如也。彼梦如者何为也?为奴财而已也。甚而至于穷夜呻唔④,比年入棘⑤,梦如也。彼梦如者何为也?为奴财而已也。又甚至于握符绾绶⑥,呵殿出入⑦,梦如也。彼梦如者何为也?为奴财而已也。驰戈骤马,解肚陷脑⑧,梦如也。幸而功成,即无不为奴财者也。千里行脚,频年讲肆⑨,梦如也。既而来归,亦无不为奴财者也。

呜呼!群天下之人,而无不为奴财。然则君何赖⑩以治?民何赖以安?亲何赖以养?子何赖以教?己德何赖以立?后学何赖以仿哉?石秀⑪之骂梁中书⑫曰:"你这与奴才做奴才的奴才!"诚乃耐庵托笔骂世,为快绝哭绝之文也。

【注释】

①节选自金圣叹批评《水浒传》第六十二回《宋江兵打大名城　关胜议取梁山泊》总批。原无题,据文意拟。

②郭令公:指郭子仪,唐代军事家、政治家,以平定安史之乱称于世,官至中书令,追赠太师,故称"令公"。

③棼(fén)如:纷乱的样子。此句写商贩买卖之纷乱。

④穷夜咿唔(yī wú):彻夜苦读。穷夜,彻夜,通宵达旦。咿唔,象声词,形容读书之声。

⑤比年入棘:连年参加科举考试。比年,连年。棘,即棘院,科举考场,因科举考试时,以荆棘围考场,以防止作弊,故称。此句写书生苦读赶考之纷乱。

⑥握符绾(wǎn)绶:手握兵符,身缠绶带。形容位高权重之人。

⑦呵殿出入:官员出入,有仪仗队前呵后殿,以令让道。呵殿,古代官员出行,前后有随从吆喝,在前称"呵",在后称"殿"。此句写朝臣出入之纷乱。

⑧解脰(dòu)陷脑:即人头落地。脰,头颈。此句写武将杀伐之纷乱。

⑨频年讲肆:长年讲习。此句指塾师授徒之纷乱。

⑩何赖:即"赖何",依靠什么。

⑪石秀:绰号"拼命三郎",原流落蓟州,后归梁山,位列三十六天罡之天慧星。卢俊义被困大名府时,石秀因独

自劫法场，被梁中书所擒。

⑫梁中书：《水浒传》人物之一，名世杰，为权奸蔡京的女婿。中书，是梁世杰的官职，而非字号。梁氏官居正三品，但他的具体职务是"中书侍郎""中书舍人"亦或是其他，书中未有明言，他是以"中书"之衔领"大名府知府"之差。

【赏读】

举凡商贩、书生、朝臣、武将、塾师，在圣叹看来，芸芸众生，无一非奴才。其所谓"奴才"者，为"财之奴"意也，亦即太史公所言"天下熙熙，皆为利来；天下攘攘，皆为利往"。然则财虽非万能，无财则万万不能也。圣叹此处，将正当之财与人格扭曲之奴才混为一谈，似有"打击面过大"之嫌，然此等语，抑只有圣叹说得出。

世言文人之笔能杀人，殊不知武夫之嘴亦能杀人，且杀得颇有求生不得求死不能之感。"你这与奴才做奴才的奴才"，作者不与吴用、公孙胜口中出，却从拼命三郎石秀口中出，无独有偶，《三国演义》骂吕布"三姓家奴"之语，不从庙堂之臣口出，而从燕人张翼德口中出，岂非遥遥相对？且一个是十一字句中连骂三奴才，一个是四字句中为三姓家奴算一总账，实实绝倒。

卷五 圣叹序文四篇

夫足下论诗以盛唐为宗,本之以养气息力,归之于性情,旨哉是言!

《小题才子书》序①

先是②,余有世间《六才子书》③之刻。去年高秋④无事,自督诸子弟甥侄,读书学士堂中。每逢三六九日⑤,即依大例⑥,出《四书》题二⑦,观其揣摩,以验得失。而二三子⑧都苦才多⑨,每日晨朝磨墨,伸纸摇笔。未几,余试掣⑩而视之,则已溢出题外。若是乎《四书》白文⑪之决不可以不讲,而先辈旧文⑫之决不可以不读也。因不得已,搜括宿肠,寻余旧日所暗诵者,凡得文百五十首,茫茫苍苍,手自书写。中间多有大人先生金钩玉勒之作,而辄亦有所增省句字⑬者。此则无奈笥⑭中久失原本,今兹全据记忆,自然不无忘失;而又临书之时,兴会⑮偶至,亦多将错就错之心。是殆所谓小处糊突⑯,大处即不敢糊突者也。人共传钞⑰,各习一本,仍其名曰《才子书》⑱。

顺治丁酉⑲三月二十四日,大易学人⑳圣叹书于䁕关舟中。

【注释】

①节选自金圣叹《〈小题才子文〉序》。《小题才子文》是金圣叹为子弟所选前辈科考范文的评点集结,原题"历科小题文",扉页作"小题才子文",版心作"小题才子书"。所选的有《论语》题范文九十二篇,《孟子》题范文六十篇,《大学》《中庸》题范文十八篇,共一百七十篇。每篇均将评语置于范文之前。

②先是:在此之前。

③《六才子书》:指圣叹所批的《庄子》《离骚》《史记》《杜工部集》《水浒传》《西厢记》六种。《六才子书》在本书所选之文中常出现,前后可以互见参详,不再一一出注。

④高秋:秋高气爽的时节。

⑤三六九日:每月的农历初三、初六、初九。

⑥大例:通例。此处指科举考试的通例。即按照科举要求进行模拟考。

⑦《四书》题二:从《四书》中出两道题。四书,《论语》《孟子》《大学》《中庸》的合称,是明清科举必读和必考书目。

⑧二三子:这几个(子弟甥侄)。

⑨苦才多:为才能太多而感到痛苦。此处似作反语。

⑩掣(chè):抽。指随手抽取子弟所作的卷子。

⑪白文：指书的正文或原文部分，相对于传、注、疏等而言。

⑫先辈旧文：指圣叹认为较好的科场范文。

⑬增省句字：增加或删减字句。此指曾经过批点的文章。

⑭笥（sì）：竹制方形容器。此处指存放书稿的书箱。

⑮兴会：灵感，意趣。

⑯糊突：同"糊涂"。

⑰传钞：同"传抄"，流传抄写。

⑱仍其名曰《才子书》：指前述《六才子书》外，这部科场范文选也叫"才子书"。

⑲顺治丁酉：即顺治十四年，当公元1657年。

⑳大易学人：圣叹别号之一。圣叹精通《易》，著有《唱经堂通宗易论》等。

【赏读】

扬名科场自然是科举时代的第一要务，圣叹虽然嬉笑怒骂，但希望子弟甥侄通过科举出人头地的心情和他人是相通的，决不可因此而认为圣叹世俗，相反，正因为有了这一面，圣叹的形象才更加完整，更加真实。

顺及一言，长期以来对科举有不少的误会，我无意为科举翻案，但不能否定的是，科举会是不少平民子弟实现人生价值的唯一途径。

《圣叹内书》序①

考②死囚者,取官与囚一一往复语,备书而刀刻之曰"案"。治笃疾③之医,亦取病之第几日,见何证,投何药,备书之曰"案"。案只是人家几案④之属,特以死囚、笃疾,其事重大,非可以一人之见为定,又不可以后之人且有他议,于是先作为出入移换之地,故不得书之于楮⑤,而必以"案"者,明一成而不可更动也。

近世不知何贤⑥,取历代圣人垂机接物之云为⑦,凡若干章,辑之成书,名曰"公案"。是甚得用"案"字之法。譬诸死囚,则圣人与学人,只有两造质对,理长则听,其词具在,并无旁人上下一字,一听后官依科⑧判决。又譬诸笃疾,则学人是病,圣人是药。如是病,如是药,医人胸中,本无奇特,病有千变,药即随之。因药病愈,药不任恩;执药病增,药亦非怨。纵彼服药,遂反致死,是人自死,药不死人;心不负人,面有何惭?其又冠之以"公"云者,言此事大道为公，并非圣人所独得而私也。

己丑夏五⑨，日长心闲，与道树⑩坐四依楼下，啜茶⑪吃饭，更无别事。忽念虫飞草长，俱复劳劳⑫，我不耽空，胡为兀坐⑬？因据其书次第看之：看老吏手下无得生之囚，不胜快活；看良医手下无误用之药，又不胜快活。同其事者，家兄长文⑭、友刘逸民⑮，皆所谓不有博奕贤于饱食群居者⑯也。

圣叹书。

【注释】

①圣叹将其所著、所批之书分为外书、内书。外书，是佛教僧使用于称呼佛教经典以外的书；内书，则即佛教经典，圣叹内书，也包括一些非佛教的道家、道教、方术等方面的著作。此文名为《〈圣叹内书〉序》，由文意观之，实为内书之一的《〈圣人千案〉序》。

据《唱经堂遗书目录》，"外书"有：《第一才子书庄子》（原注：七篇是经，外篇、律篇分配未竟）、《第二才子书离骚》（亦有经有传，未竟）、《第三才子书史记》（原注：未竟）、《第四才子书杜诗》、《第五才子书》、《第六才子书》、《批左传》、《才子古文》、《唐才子诗》、《程墨才子》、《小题才子》、《杂批未竟书》、《诗文全集》。"内书"有：《大易义例私钞》（原注：二本）、《大易讲场私钞》（原注：四本）、《涅槃讲场私钞》（原注：共十一期一本二）、《法华讲场私钞》（原注：一本）、《法华三昧私钞》（原注：一本）、《实镜三昧私钞》（原注：一本）、《一代时教私钞》（原注：一本）、《第四佛事私钞》（原注：一本）。《圣自觉三昧私钞》（原注：一本）、《内界私钞》（原注：一本）、《法华百问》（原注：一本）、《南华前摩》（原注：未竟，一本）、《五智印图》（原注：未竟，一本）、《讲场仪轨》（原注：一本）、《杂疏》（原注：一本）、《西城风俗记》（原注：一本）、《童寿六书》（原注：一本）、《离文字说》（原注：一本）、《圣人千案》（原注：一本）、《通宗易论》（原注：一本）、《庄子字制》（原注：一本）。

另据《唱经堂总目》，"外书"有：《第五才子书》《第六才子书》《唐才子书》《必读才子书》（原注：以上刻遇），《杜诗解》四卷、《左传释》、《古诗解》二十首、《释小雅》七首、《孟子解》（原注：嗣刻）。"内书"有：《法华百问》《西城风俗记》（原注：已刻），《法华三昧》《宝镜三昧》《圣自觉三昧》（原注：以上结集未竟），《周易义例全钞》（原注：嗣刻）、《三十四卦全钞》（原注：嗣刻）、《南华经钞》（原注：嗣刻）、《通宗易论》、《语录类纂》四卷、《圣人千案》、《杂篇》、《随手通》、《唱经堂诗文全集》（原注：嗣刻）。此是圣叹从兄金昌为辑《贯华堂才子书汇稿》所列书目，并有附言："同学有得遗稿者，乞尽录篇目，寄学易堂，以便征刻。"

②考：审问。

③笃疾：重病。

④几（jī）案：小桌子。

⑤楮（chǔ）：一种落叶乔木，树皮可用于造纸，故亦作纸的代称。

⑥何贤：哪位贤人。

⑦云为：言行。

⑧依科：按照法律条文。

⑨己丑夏五：己丑年的三伏天，泛指漫长的夏日。己丑，当指圣叹生活的顺治六年己丑，即公元1649年。

⑩道树：即王道树，圣叹挚友，详见本书所选《答王道树学伊》一文的注释①。

⑪啜茶：喝茶。

⑫虫飞草长，俱复劳劳：指夏虫忙着飞来飞去，夏草忙着生长。

⑬"我不"二句：我不沉溺于虚度光阴，为什么就这么端坐着呢？兀坐，端坐。

⑭长文：即圣叹从兄金昌，为圣叹知己，详见本书所选《与家伯长文昌》一文的注释①。

⑮刘逸民：圣叹友人，刘氏与著名诗人陈维崧有交，可见陈氏《刘逸民隐如》诗，其生平事迹可参见陆勇强《金圣叹友人生平事迹探微》，《明清小说研究》（2005年第4期）。

⑯不有博奕贤于饱食群居者：语出《论语·阳货篇》："子曰：'饱食终日，无所用心，难矣哉！不有博奕者乎？为

之，犹贤乎已。'"意谓哪怕就是下下棋、玩玩游戏，也比整天吃饱了闲着好呀。此是圣叹委婉地表示，他批点《圣人千案》等书，也总算聊胜于虚度吧。

【赏读】

圣叹佛学修养极高，《圣人千案》所列二十五案均与佛教有关，佛理禅机，微言大义，恨我慧浅，难解其妙，诸君其宥之！

《感怀诗》序①

徐子能②先生《感怀诗》四百二十绝句成,手钞③示余。是时三月上旬,花事正繁,风燠④日长,鸟鸣不歇。乃余读之,如在凉秋暮雨,窗昏虫叫之候;如病中彻夜不得睡,听远邻哭声,呜呜不歇;如五更从客店晓发⑤,长途渺然,不知前期⑥;如对白发老寡妇,讯其女儿时⑦、新妇时⑧一切密事;如看腊月卅日⑨傍晚,阛阓⑩南北,行人渐少渐歇:一何凄清切骨、坏人欢乐⑪也!因致问先生⑫:"始作是诗,是何缘起?为是无端忽触,为是有意构成?夫诗之为物,通于鬼神,关乎躯命⑬。吾见甚有悲凉之调,恐是疾病中身之相,忆实屡中⑭,不如弃去。"

先生笑曰:"是诗胡能祟余⑮?余则有故为诗耳。十年以来,贫、病两剧,馆⑯粥尚难,何况汤药?幸而死则亦遂已耳,余既不得遂死,则此贫与病二者实将以何法遣之?冬既苦其夜长,夏又苦其昼长,贫与病于我何有,我实无奈此长何也。因念平生最贪成癖,无逾友生⑰一途。仰卧簟⑱床，目注帐顶，默念流光⑲，疾于瀑水，心期⑳数百，如云散开。虽有存者数子㉑，亦俱景逼中晚㉒，时移事变，既极知尽，无有愉乐。又况余既以软脚病不出门户，则虽诸子悉在，余已先住异国㉓。当此茫茫，悲从中起，人生到此，无言可说。明知千载之上，千载之下，其人如我，其心必然，彼皆不言，我亦可已。然而贫则无事，病更多闲，寄身白发之下，送怀㉔食牛之岁㉕。翻苦为乐，从闲觅忙，既代按摩，亦当参术㉖，人各一诗，诗各一境，既是四百余诗，便是四百余境。我分身住四百余境中，不愈于独住贫病一境中耶㉗？我日夕与四百余人周旋，不愈于独与一贫病人周旋耶？本不必示人，亦不必不示人；何必不示四百余人已外㉘之人，亦何必定示四百余人中人。我言我尔后更不作诗，只此我亦不自云是诗；我言我尔后更不见余人，只今我已先不得见如是等人。呜呼哀哉！——人皆我心头血、眼中泪，而一从病废，便若永诀。天幸今日犹在世间，虽不得睹其面，犹得哦㉙其名。设更不讳而舍此遂去，彼诸君子岂遂无人于黄昏灯下、清早被中，诵此音徽㉚、感其遗事耶？而我即长已矣，不复能相思矣。我是以不能自已，而为此诗；又不欲弃去，而留作自娱也。"盖先生之言之志如此。

余闻而悄然以悲,又爽然以失。先生学道[31]固甚力,诚不意其妙果[32]及此。此皆一切圣人行处,所谓如幻三昧,月爱三昧,一切佛集三昧,宿王游戏三昧[33]也者。先生自不作佛氏语[34]耳,盖四百余绝句,审尔则皆佛氏之至言要道[35]也。遂不觉欢喜踊跃,而僭[36]书其端。

同学[37]人圣叹拜手。

【注释】

①此文为金圣叹为其好友徐增《感怀诗》四百二十首所作的序。

②徐子能:即徐增,详见本书所选《与徐子能增》一文的注释①。徐氏与圣叹的交往,又可详见陆林《徐增与金圣叹交游新考》(《文史哲》,第2016年第4期)。

③钞:同"抄"。

④燠(yù):暖。

⑤晓发:清晨出门。

⑥前期:前路的情景。

⑦女儿时:尚未出嫁之时。

⑧新妇时:新为人妇之时。

⑨腊月卅日:泛指除夕之夜。卅,三十。

⑩阛阓(huán huì):街市。

⑪坏人欢乐:破坏(除夕之夜)家人团圆欢乐(的气氛)。

⑫先生:指徐增。

⑬躯命:躯体性命。

⑭亿实屡中:意料之事往往与实际相符。

⑮诗胡能祟(suì)余:作诗岂能害了我?祟,迷信认为鬼怪害人。

⑯饘(zhān):较稠的粥。

⑰友生:由下文观之,此处当指对门生的谦称。

⑱簟(diàn):竹席。

⑲流光:光阴流逝。

⑳心期:心愿,期望。

㉑存者数子:在世的门生还有数位。

㉒景逼中晚:到了中年或晚年。

㉓异国:此处指与在世的门生久不联络,仿佛就像住在外国一样,亦可婉指不久于人世。

㉔送怀:怀念,遣怀。

㉕食牛之岁:指雄心壮志的青壮年时代。

㉖参术:中药名。指人参与白术。

㉗不愈于独住贫病一境中耶:不比独住贫病一境要好吗?

㉘已外:同"以外"。

㉙哦:此处指叫他人姓名。

㉚音徽:音容,美德。

㉛学道:此处指学佛。

㉜妙果：佛教用语。正果。

㉝如幻三昧，月爱三昧，一切佛集三昧，宿王游戏三昧，均系佛教用语。三昧，梵语音译，意谓摒除杂念，平静心神，以领会事物的真谛。

㉞佛氏语：佛教用语。佛教词汇。

㉟至言要道：最精要、最核心的内容。

㊱僭（jiàn）：与自己身份不符。此处是圣叹谦称自己原无为徐增《感怀诗》作序的资格。

㊲同学：清代严禁文人结社，禁用社兄、盟弟等称呼，于是文人之间改称"同学"。

【赏读】

名为金、徐问答，实则乃圣叹自问自答，故徐氏之答，即圣叹之答。沧桑道尽，悲喜交集，读罢此文，为之郁郁者累日。

《葭秋堂诗》序[①]

同学弟[②]金人瑞[③]顿首[④]：

弟年五十有三矣。自前冬一病百日，通身竟成颓唐。因而自念：人生世间，乃如弱草，春露秋霜，宁有多日？脱遂奄然[⑤]终殁，将细草犹复稍留根荄[⑥]，而人顾反无复存遗耶？用是不计[⑦]荒鄙，意欲尽取狂臆[⑧]所曾及者，辄将不复拣择，与天下之人一作倾倒[⑨]。此岂有所觊觎于其间？夫亦不甘便就湮灭，因含泪而姑出于此也。

弟自端午之日，收束残破数十余本，深入金墅[⑩]太湖之滨三小女[⑪]草屋中。对影兀兀[⑫]，力疾先理唐人七律六百余章，付诸剞劂[⑬]，行就竣矣。忽童子执尊书[⑭]至，兼读《葭秋堂五言诗》，惊喜再拜[⑮]，便欲挐舟[⑯]入城，一叙离阔。方沥米[⑰]作炊，而小女忽患疾蹶[⑱]，其势甚剧，遂尔[⑲]更见迟留。因遣使迎医，先拜手，上致左右[⑳]。

夫足下[㉑]论诗以盛唐为宗，本之以养气息力，归之于性情，旨哉是言！但㉒我辈一开口而疑谤㉓百兴，或云"立异"，或云"欺人"。即如弟"解疏"㉔一书，实推原《三百篇》两句为一联、四句为一截之体，伧父㉕动云㉖"割裂"㉗，真坐不读书耳。足下身体力行，将使盛唐统绪自今日废坠者，仍自今日兴起。名山之业㉘，敢与足下分任焉？

弟人瑞，死罪死罪，顿首顿首㉙。

【注释】

①此文是金圣叹为友人嵇永仁《葭秋堂诗》所作的序。嵇永仁（1637~1676），字留山，号抱犊山农，清初诗人、剧作家、医学家。其生平事迹可详见陆林《清初戏曲家嵇永仁事迹探微》（《戏曲艺术》，2015年第2期）。

②弟：自谦辞，多用于书信，与实际年龄无关。金圣叹比嵇永仁年长近三十岁。

③金人瑞：即金圣叹。名人瑞，字圣叹。古人对人自称，只能称名，不能称字。

④顿首：磕头，叩头。书信开头或结尾处常用的自谦辞。

⑤奄然：气息微弱的样子。

⑥根荄（gāi）：植物的根。比喻事物的根本、根源。

⑦不计：不顾，不管。

⑧狂臆：指自己狂妄的臆想。

⑨倾倒：倾吐，吐露。全部倒出来。比喻将话全部说出。

⑩金墅：位于在苏州城郊，靠近太湖。

⑪三小女：圣叹第三女金法筵。

⑫兀兀：勤奋刻苦的样子。此处指圣叹奋力评点唐诗。

⑬刳劂（jī jué）：此处指雕版印刷出版。

⑭尊书：对他人书信的尊称。

⑮再拜：古代礼节之一，亦多见于书信的自谦辞。

⑯挐（ná）舟：撑船。

⑰沥米：一种蒸煮米饭的方法。此处泛指做饭。

⑱疾蹶：因跌倒而受伤。

⑲遂尔：所以，因此。

⑳先拜手上致左右：先写信送给您。拜手，古代礼节之一，亦多见于书信。上致，送给在上的您。左右，对收信人的尊称。

㉑足下：对他人的尊称。

㉒但：只是。

㉓疑谤：质疑，诽谤。

㉔解疏：指上文所述分解唐诗之事，当即本书第一部所选的《贯华堂选批唐才子诗》。

㉕伧（cāng）父：泛指粗鄙之人。

㉖动云：动辄指责说。

㉗割裂：指圣叹分解唐诗，破坏了唐诗整体的艺术性。

㉘**名山之业**：指著书立说。语出司马迁《史记·太史公自序》："藏之名山，副在京师，俟后世圣人君子。"又见其《报任安书》："仆诚以著此书，藏诸名山，传之其人，通邑大都，则仆偿前辱之现，虽万被戮，岂有悔哉。"

㉙**死罪死罪，顿首顿首**：古代书面套语，多用于奏章、书信的结尾。

【赏读】

据陆林先生《金圣叹年谱简编》，此信作于顺治十七年（1660）五月，时圣叹有重病在身，虽不能称之为"人之将死其言也善"，但距次年三月三日被斩不足一年，故大体仍可视为圣叹最后的表达。类似的表达，圣叹之前也有过不少，但此前多带有自我排解的意味，而此信则多了一分无奈，但无奈中又有一分超脱之意。

附录　他者眼中之圣叹

圣叹异人也,
学最博,识最超,
才最大,笔最快。

《才子书》小引[①]

金 昌

仆[②]往时曾见有"人生奇福是读未见书"之语，心极以为不然。何则？书自《五经》[③]《语》《孟》《左》《国》《庄》《屈》《史》《汉》《韩》《苏》[④]以还[⑤]，约略[⑥]亦总尽矣，尚有何未见书又应见？即有之，亦大都剽割[⑦]如上诸书之肤膜[⑧]，以自缪[⑨]于同时小儿之前，曰"某[⑩]亦有书"云尔；即已耳，而奈何谓足当乃公[⑪]见，见而又屈乃公读，读而乃公又自以为"奇福"者耶！

既而仆入唱经[⑫]之室，而始奭然[⑬]惊焉。唱经，仆弟行[⑭]也。仆昔从之学《易》，二十年不能尽其事，故仆实私以之为师。凡家人伏腊相聚以嬉，犹故弟耳；一至于有所咨请[⑮]，仆即未尝不坐为起、立为右焉。夫唱经室中，书凡涉其手者，实皆世人之所并未得见者也。何必疑如上诸书之外，又别有书？正即彼如上诸书，人人孰不童而艺之[⑯]也者？然以云见，则亦可称一交臂之间矣。

间尝窃请[17]唱经,"何不刻[18]而行之?"哑然[19]应曰:"吾贫无财。""然则何不与坊[20]之人刻行之?"又颦蹙[21]曰:"古人之书,是皆古人之至宝也。今在吾手,是即吾之至宝也。吾方且珠匮锦袭香熏[22]之,犹恐或亵,而忍遭瓦砾、荆棘、坑坎便利之?惟命哉!"凡如此言,皆其随口谩人。

夫唱经,实于世之名利二者,其心乃如薪尽火灭,不复措怀[23]也已。独是吾党[24],则将奈之何欤?且今唱经年亦已老,脱真不讳[25],是亦为人生之常;而万一其书亦因以一夜散去,则是不见者终于不得见也。即不然,而唱经身后颇亦有人为抱不得同时之恨,而终与之发其光焰,因而复得人人见之。此则后之人自快乐,其与今之人固无与也。夫人生世上,不见唱经书,即为不见如上诸书矣,能不痛哉?能不痛哉!

兹暮春之月夕[26],仆以试事北发[27],辱同人饯之水涯[28],夜深偶语及此,皆慷慨欷歔[29],若不胜情[30]。仆曰:"岂有意乎?"皆举手曰:"敬诺[31]!"因遂呼笔识[32]之如左。仆既竟去,殊未知诸子将何以为之所也。

时顺治己亥[33]春日,同学斖斋[34]法记[35]圣瑗书。

【注释】

①此文系金昌为所辑《贯华堂才子书汇稿》所作的序。金昌，系圣叹从兄，本书已多有提及，不赘述。

②仆：男子自谦辞。

③五经：指《诗》《书》《礼》《易》《春秋》。

④《语》《孟》《左》《国》《庄》《屈》《史》《汉》《韩》《苏》：分别指《论语》、《孟子》、《左传》、《国语》、《庄子》、屈原、《史记》、《汉书》、韩愈、苏东坡。

⑤以还：以外。

⑥约略：大体上，总体上。

⑦剽割：剽窃，模仿。

⑧肤膜：指表面，而非精髓。

⑨缪（liáo）：同"缭"，缭绕。引申为在他人面前炫耀。

⑩某：自称。

⑪乃公：同"乃翁"，原指对方的父亲，由此处的文意观之，亦有自称之意。

⑫唱经：金圣叹的书室堂号。

⑬奭（shì）然：消散的样子。

⑭弟行：弟弟，弟辈。

⑮咨请：咨询，请教。

⑯童而艺之：自孩童时代就作为课艺的。艺，课艺，原指研读、学习八股文，此处泛指学习内容。

⑰间尝窃请:(我)有时曾悄悄地请教(圣叹)。

⑱刻:刊刻。

⑲哑然:此处指低声地(回答)。

⑳坊:书坊,主要经营印刷和出售书籍。

㉑颦蹙:皱着眉头。

㉒珠匮锦袭香熏:(把书)像珠宝一样藏在柜子里,用锦缎做的书衣包着,用香熏着。匮,同"柜"。袭,成套的衣服,此处指给书包上书衣。

㉓措怀:用心,留意。

㉔吾党:指志趣相投之人。

㉕脱真不讳:婉指辞世。

㉖月夕:月末。

㉗以试事北发:北上参加科举考试。

㉘饯之水涯:在水岸边饯行。

㉙欷歔:同"唏嘘",叹息或抽泣之声。

㉚不胜情:难以抑制情绪。

㉛敬诺:恭谨应答之词。犹言遵命。

㉜识(zhì):记录。

㉝顺治己亥:即顺治十六年,当公元 1659 年。

㉞夔斋:金昌的号。

㉟法记:法号。金昌法号圣瑗。

【赏读】

圣叹嗜书如命,又以评书为命,书在犹命在,从兄金昌能辑圣叹遗书而刻行之,则无异于圣叹虽死犹生、死而复生矣。得知己如此,圣叹死何憾焉。

叙《第四才子书》①

金 昌

余尝反复②杜少陵诗③,而知有唐迄今,非少陵不能作,非唱经不能批也。大抵少陵胸中,具有百千万亿漩陀罗尼三昧④,唱经亦如之。乃其所为批者,非但刳心抉髓⑤,悉妙义之闳深,正复祛⑥伪存真,得天机之剀挚⑦。盖少陵忠孝士也,匪以忠孝之心逆之,茫然不历其藩翰,况于壸奥⑧?犹记我友徐子能⑨,有《咏杜》一律云:"诗史《春秋》笔,大名垂草堂。二毛反在蜀,一字不忘唐。佛让王维作,才怜李白狂。晚年律更细,独立自苍茫。"此乃字字实录也。

唱经在舞象之年⑩,便醉心斯集⑪,因有《沉吟楼借杜诗》。庄、屈、龙门⑫而下,列之为第四才子。每于亲友家,素所往还酒食游戏者,辄置一部,以便批阅。风晨月夕,醉中醒里,朱墨⑬纵横。不数年,所批殆已过半,以为计日可奏成事也,而竟不果⑭,悲夫!临命寄示一绝,有"且喜唐诗略分解,《庄》《骚》马杜待何如"⑮句。余感之,欲尽刻遗稿,首以杜诗从事,已刻若干首,公之同好矣。兹泖上归,多方搜缉,补刻又若干首。而后《第四才子》之面目略备,读者直作全牛观可乎!

矍斋金昌长文⑯识。

【注释】

①此文系金昌为所辑《贯华堂杜诗解》所作的序。第四才子书,金圣叹把《庄子》《离骚》《史记》《杜工部集》《水浒传》《西厢记》称为"六才子书",第四才子书即指杜诗。当然,金昌所叙的"第四才子书",是圣叹所批的版本,有圣叹的评语,即"杜诗解"。

②反复:反复研读。

③杜少陵诗:即杜诗。杜甫,号少陵野老,故称"杜少陵"。

④漩陀罗尼三昧:佛教用语。梵语音译,形容无边无际的见识、真理。

⑤刳(kū)心抉髓:形容金圣叹批杜诗,能见神髓。

⑥祛:去除。

⑦剀(kǎi)挚:恳切真挚。

⑧壶奥(kǔn ào):精核,奥秘。

⑨徐子能:即徐增,字子能。

⑩舞象之年:指青少年时期。

⑪斯集：这集子，即杜集。

⑫庄、屈、龙门：分别指庄子、屈原、司马迁。龙门，司马迁故里，常用以代指他。

⑬朱墨：红色墨迹、黑色墨迹。

⑭竟不果：最终没有完成。竟，最终。不果，没有完成。

⑮且喜唐诗略分解，《庄》《骚》马杜待何如：高兴的是唐诗分解基本完成，但是庄子、屈原、司马迁、杜甫的作品该怎么办呢？指来不及完成心愿的无奈之情。

⑯长文：金昌，字长文。

【赏读】

世上有一种神缘，叫异代知音。不少历史人物，他们生前的遭际和身后的地位不完全相符，甚或有天壤之别。孔子如此，司马迁如此，杜甫亦如此。杜甫身后，有所谓"千家注杜"之说，此注杜之千家，皆可谓是老杜的异代知音。而在这些异代知音之中，圣叹可谓是前不见古人，后不见来者，以至于有人读杜诗，认为非老杜不能作，非圣叹不能批。

《贯华堂评选杂诗》序[①]

赵时揖

从来解古人书者，才识不相及，则意不能到；意到矣，而不能洋洋洒洒尽其意之所欲言，则其义终不明，诚未有若贯华先生[②]之意深而言快也。

先生为一代才子，而乐取古才子之当其意者[③]解其书，盖先以文家最上之法，迎取古人最初之意，畅晰言之，而其义一无所遁。得是法以读书，而书无不可读矣。诗之推杜工部也，夫人知之也；然知杜诗之佳，而不知其所以佳，则虽极尊誉之，而杜老似未乐也。解杜诗者日益众，知杜诗者日益寡。自先生解杜，而杜可乐矣，而读杜诗者皆乐矣。先生之解杜，若杜之呼先生而告之曰："仆之意有若是焉。"不然，何意之隐者、曲者、窈渺然其远者，先生皆得亲见而悉数之耶？乃先生意之所及，实有杜老意之所不能及，令人惊喜舞蹈，遂觉杜老原有是意，遂谓先生确为杜老后身。

夫先生所解书，无不尽合古人之意，先生又安得有如许后身哉！余读先生之书，未忍遽读其解也，掩卷思之，不能得古人意之所及，乌能④望其所未及；及读先生之解，而余之惊喜舞蹈⑤百倍于人也。向慕评杜之书而不得见，今岁客游吴门，询其故友，从邵悟非、兰雪昆季暨金长文诸公处，搜求遗稿。零星收辑得若干篇，惧其久而湮也，亟授之梓，天下于是得读第四才子之书矣。

先生以屈原《离骚》为"一才子书"，庄子《南华》为"二才子书"，司马迁《史记》为"三才子书"，《杜工部诗》为"四才子书"，施耐庵《水浒》为"五才子书"，王实甫《西厢》为"六才子书"，董解元《西厢弹词》为"七才子书"⑥，书各有解。《水浒》《西厢》传诵已久，余稿世皆未睹，杜诗则待今日而始出者也。虽仅数十首，文章之秘尽泄于此矣。

夫泄文章之秘，岂诚造物所忌耶？先生著书未毕如蔡中郎⑦，而蔡女文姬赎之南归，授以笔札，则犹传父书。今先生之子名雍字释弓者，远沉塞漠⑧。普天率土皆邀圣恩屡宥之后⑨，不知有为矜恤⑩授笔而求书者乎？是所百拜仰乞于怜才者。先生以狂自累⑪，世或疑其为人。孔子曰："不以人废言。"⑫则读先生之书、存先生之言，而宁绳趋矩守⑬，不效先生之为人可也。

西泠赵时揖声伯氏题。

【注释】

①此文系赵时揖为所辑《贯华堂评选杜诗》所作的序。赵时揖，字伯声，号晴园，署"西泠"，或是杭州人，或客居西湖。

②贯华先生：此处当指金圣叹。金圣叹所刻之书多冠以"贯华堂"之名，过去多以为其是金圣叹的书室堂号，但圣叹有一位好友韩贯华，圣叹也常称他为"贯华先生"，在《〈水浒传〉序》中自称"十二岁便得贯华堂所藏古本"，因此，也有不少学者认为贯华堂是韩氏或他人的堂号，但圣叹是否曾号"贯华"，"贯华堂"是否即其堂号，尚难定论。可详见徐朔方《金圣叹年谱》（主金氏堂号，收入所著《晚明曲家年谱》，浙江古籍出版社1993年版）、陆林《〈晚明曲家年谱〉金圣叹史实研究献疑》（主韩氏堂号，载《文学遗产》2002年第1期）、吴正岚《金圣叹评传》（主韩氏堂号，南京大学出版社2011年版）等。

③当其意者：中其意，合其意。

④乌能：焉能，如何能。

⑤舞蹈：手舞足蹈。

⑥七才子书：以董解元《西厢弹词》为"第七才子书"，似仅见于此文，不知所据为何。

⑦蔡中郎：指蔡邕（132~192），字伯喈，东汉文学家、

书法家。曾官左中郎，故称。他有意续写汉史，未成，因叹董卓而被王允下狱，死于狱中。其女蔡琰，字文姬，为汉末才女，原为南匈奴所掳，被曹操赎回，嫁给董祀。

⑧远沉塞漠：指圣叹被斩后，其妻与其子金雍被流放宁古塔。

⑨普天率土皆邀圣恩屡宥之后：指清朝定鼎天下之后。

⑩矜恤：怜悯抚恤。

⑪自累：连累自己。

⑫不以人废言：意谓不能因某人有缺点就不用听他所有的言论。语出《论语·卫灵公》："君子不以言举人，不以人废言。"

⑬绳趋矩守：形容完全按照某种规定行事。

【赏读】

此位赵先生，前文写得都挺好，最后突然闪出一个"好好先生"的大招牌，则不由得让人大跌眼镜。圣叹之所以为圣叹，正因有其此等书、有此等言。亦唯有圣叹之为圣叹，方有此等书、有此等言。如今这位赵先生劝人家只读其书、存其言，而不效其为人，吾不知其有何等神功，方可臻此境界也。

《贯华堂评选杜诗》总识[①]

赵时揖

读先生所说诗，横说竖说、奇说正说，无非妙义，灵思颖悟，益人之神智无限也。凡人读书，至无深味处，往往轻易放过。先生偏不肯放过，千曲万曲，寻出妙义而后止，慨然以诗文三昧披心露膈，的的[②]示人。从此作文读书，开辟许多化境。引进后学之功，真当尸祝顶礼[③]者矣。

杜诗尽多粗率处，刘会孟[④]所憎不为过也。乃自先生说之，粗率尽为神奇。夫粗率尚为神奇，而况神奇者乎？得此读书法，不惟不敢轻议古人诗文，能从古人诗文渗漏处奥思幻想，代其补衬，则古人之神奇、粗率，无一不足以启人慧悟。彼略见古人渗漏，便麾去不顾者，其愚智奚啻[⑤]天壤耶？

先生之评《西厢》《水浒》，自云皆可启悟后学，诚哉不诬矣！然恐子弟之但见稗编艳曲，而不见先生所解之神理，则上器之利而中材之害也。若杜诗，则父兄师傅，皆当为子弟授一册，令之细细玩索，开发聪明⑥。不特作诗，一切文章悉可如是会悟。其有恃才眼高，尤宜著意：盖才高后生，素以杜诗累句为粗率，今乃神奇如此，从此心益虚、想益曲，其于读古人书，岂独肯轻易放过者哉？

先生说诗，或有言其穿凿。天下凡事皆恶其凿，独有诗文一道，则不妨略开混沌者也。余岂敢溺谀⑦先生，遂谓先生所说各各天然至理？其为天然至理者，既如晦忽明，疑障尽释。其偶有近于凿者，亦逗人思外之思、想穷之想。后学悟此，读书作文皆无难事矣。人不悟其妙处，而但于凿处求疵。此其人虽七日凿之，必不能导其一线者，我亦何怪？先生亦必不见怪也。

善读先生书者，即一二首，以一法通万法，以一想引万想，便可尽解少陵之诗，便可尽解从来五车二酉⑧之蕴，先生所云"金针度人"⑨也。若不能即此悟彼，虽令尽读全本，于其人之神智，宁有少益哉？然究以不得全本为邑邑⑩。闻先生遗稿，珍藏燕都⑪巨公⑫之家。倘得赐教天下，此少陵快事、先生快事、普天下万世之大快事矣！余友萧山⑬王自牧讳余高，沉酣杜学，一生唯集杜句最工，慨然欲北往求之。余兄伯升讳嘉遑，夙有杜癖，亦以此自任。果得如愿，俾少陵精神、先生心血一时迸出，实光异气，终现人间。则不私枕秘之伟人，岂非有心所共戴乎？

先生以《水浒》《西厢》为外书，则杜诗与《周易》《离骚》等，其内书也。乃讲《易》至"明夷"而止，即乾、坤两卦，便有十万余言，其稿金长文讳昌藏之；若《离骚》《史记》《孟子》《左传》诸书，闻各有数十首，存松陵[14]总持、不二、解脱[15]三禅师处。若肯公同好[16]，则吉光片羽，辉灿无穷，是亦足矣！固安得有全本哉？

邵兰雪讳点云先生解杜诗时，自言有人从梦中语，云诸诗皆可说，唯不可说《古诗十九首》。先生遂以为戒。后因醉后纵谈"青青河畔草"一章，未及而绝笔矣。"明夷"辍讲，"青草"符言，其数已前定矣！

先生善画，其真迹吴人士犹有藏者，故论画独得神理。如评王宰山水图及画马、画鹘诸篇，无怪其有异样看法也。

先生饮酒彻三四夜不醉，诙谐曼谑，座客从之，略无厌倦；偶有倦睡者，辄以新言醒之。不事生产，不修巾幅，谈禅讲道，仙仙然有出尘之致，迨以狂自好者。余问邵悟非讳然，先生之称"圣叹"何义？曰：先生云《论语》有两"喟然叹曰"，在"颜渊"为叹圣[17]，在"与点"则为圣叹[18]。此先生之自为狂也。

读先生所说杜诗，令人跃跃皆欲说杜，许庶庵其跃跃中之先出者也。其人固奇人,其说亦由先生而悟入者。因为附刻,以为后起之唱。余素企服先生,恨失亲炙。闻先生墓在松陆之第二保,舟过吴江时,未申拜谒,惟有望空酹酒,遥谢教言而已。

余初辑此书,不以各体为之次序者,以便后有续得,即可附入也。先生一片精灵所寄,万万不可埋藏。其余逸稿,高贤或肯惠贻[19],俾镂心镌魄之文尽传梨枣[20],则慧业文人名缘未息,不知何处感激矣。

【注释】

①此文系赵时揖为所辑《贯华堂评选杜诗》所作的总识,主要用意在于征访圣叹遗书。

②的的(dí dí):明明白白。

③尸祝顶礼:祭祀膜拜。

④刘会孟:即刘辰翁,字会孟,号须溪,宋末元初词人、文学批评家,曾评点多种古书,尤以批唐诗著称,其中批杜专著有《批点选注杜工部》二十二卷。

⑤奚啻(chì):亦作"奚翅"。犹何止,岂但。

⑥聪明:耳聪目明。泛指心智、见识。

⑦溺谀:毫无原则地吹捧。

⑧五车二酉(yǒu):形容藏书极多,泛指大量的知识。五车,即"五车书"。形容读书多,学问渊博。语出《庄子·天下》:"惠施多方,其书五车。"二酉,指大酉、小酉

二山,在今湖南沅陵西北。相传,小酉山洞中有书千卷,秦人曾隐学于此。

⑨金针度人:指高妙的手法传授给他人。此处指圣叹虽死,但后学者可以从他的遗著中学到作文、评点之妙法。

⑩邑邑:忧郁,不悦。

⑪燕都:指北京。北京是燕国故地,又是清代京师所在,故称。

⑫巨公:位高权重之人。

⑬萧山:明清时代绍兴下辖的一个县,今杭州市萧山区。

⑭松陵:地名,在苏州。

⑮总持、不二、解脱:均系法号。

⑯肯公同好:肯向同好公开。

⑰在"颜渊"为叹圣:语出《论语·子罕》:"颜渊喟然叹曰:'仰之弥高,钻之弥坚。瞻之在前,忽焉在后。'"此是颜渊感叹孔子的话。圣,指孔子。

⑱在"与点"则为圣叹:语出《论语·先进》:"夫子喟然叹曰:'吾与点也。'"此是孔子感叹弟子曾点的话。圣,亦指孔子。

⑲惠贻:回赠。

⑳梨枣:指刊刻出版。

【赏读】

此文揭示圣叹轶事不少，虽不知所据为何，亦可聊以备闻，且意在征访圣叹遗书，可算圣叹功臣矣。

昔日过吴门，亦未及拜谒圣叹先生之墓，颇有憾焉，且俟他日。

《才子杜诗解》叙①

王大错

余束发②受诗书，即喜读金圣叹先生所评书，并心仪其为人。然坊肆③所盛传者，仅《西厢》《水浒》及所序《三国》④而已，而先生所自推许之《庄》、《骚》、马、杜四书，转百觅不得。因又疑此四书之目，毋或为后之人所傅会者欤？然《三国》之序及先生其他遗著中，固明明自言之。间⑤读前人笔记，亦有论及先生所分解之杜诗者，是则余之所疑亦陋尔！然二十年来此意耿迄不释。

今月之朔⑥，突有友人以旧本书来属⑦余鉴别者，卷之端名人钤章十数，皆藏弆⑧家之小印也。纸色黝然，古香流溢，未开卷而余已知为可珍。逮⑨一展页，而余六尺之身顿不禁蹲蹲舞矣！盖即二十年来所百觅不得之《才子杜诗解》也！因竭日夜力卒读⑩之，觉奋笔直入，以揭千古不传之秘，体少陵忠诚之心，诚生面别开，而令余有得"读未见书"之快焉！

嗣今以往[11],非徒前疑涣然,并又增余一新见解曰:先生之评才子书也,盖自下而上,先小说,次诗,次乃及古文,至杜诗未卒业而身已被难。故《庄》、《骚》、龙门三书,我今敢决其未着墨焉!是说于何证之?曰证诸圣瑗原序[12]中所述先生临命寄示诗之二语而已。其曰"且喜唐诗略分解"者,即杜诗虽从事而尚未卒业之证。然何以复云"《庄》《骚》马、杜待何如"?则以杜诗既未卒业,即不得谓之完成,即不免有散失遗弃之虞。虽已略略分解,此一番心血恐仍与《庄》、《骚》、龙门三才子书同成虚愿耳!此所以仍以《庄》、《骚》、马、杜并举,而终付诸一叹,其心事已历历如见矣。故《庄》、《骚》、龙门,我敢决其未着墨焉。然则此《杜诗解》若干卷,益可宝矣!

余既鉴阅竟,因即怂恿友人亟钞印以公诸世,并为述其缘起如此。

岁己未孟冬吴县王大错识。

【注释】

①此文系王大错为抄引金圣叹《才子杜诗解》所作的叙。

②束发:束发为髻。清代以前少男的一种发式装束。泛指青少年时代。

③坊肆：坊间，书肆。

④所序《三国》：指毛纶、毛宗岗父子伪托金圣叹之名为其所批"第一才子书"《三国演义》作的序，故下文所谓"《三国》之序及先生其他遗著中，固明明自言之"中的"《三国》之序"，似未可为据。

⑤间（jiàn）：间隔，空隙。此指除上述材料以外的其他材料。

⑥朔：农历每月初一。

⑦属（zhǔ）：同"嘱"。嘱托，委托。

⑧庋（guǐ）：放置，或用于放置的架子，多指收藏典籍、珍玩等。

⑨逮（dài）：及，等到。

⑩卒读：读完。

⑪嗣今以往：今后，从此以后。

⑫圣瑗原序：即本身所选金昌所作的《叙〈第四才子书〉》。圣瑗，即金圣叹从兄金昌，法号圣瑗。

【赏读】

此文欲写二十年所百觅之书忽于一朝得之，其情其状，如在目前，虽三百年后之读者，难免仍为其动容也。作者名曰"大错"，其文颇不错也。

所谓真爱，大抵如此。

《西厢》辨伪①

褚元勋

《西厢记》不知何人所作,或云王实甫,或云董解元。《辍耕录》②则载董作。陶仪客,元人也,当非漫传。今董有别本《西厢》,乃弹唱词,非打本③也。漱者叙则云:得之董解元原稿,尤可征也。《西厢》一书,昔人称为化工,非骚人词客拟议思维可到。为王为董,造物或者假手其间,以发其灵奇慧巧。即使董、王能作,辍笔之后,即欲复作一字不能。此如天籁所发,疾徐和怒,时至气行,即有过量不及量处,亦无从追易也。

近有贯华堂伪本,将原本从头窜易,全非本来面目,而犹冠以"西厢"二字,何异山魈④冒窃人形,意欲取媚于人,到底本相尽露。贯华才子⑤,其无始禀受来,只有小说伎俩,故童年一见《水浒传》,如逢故我。因遂沐浴寝处其中,即有窜易,自见锋颖,人亦以此见许。彼遂矜夸自得,便将此一副伎俩,逐处施去。施于《小题》⑥，一《水浒》也；施于《西厢》，亦一《水浒》也。夫《小题》为昔圣贤传神写照，其不可以放浪自喜也，固矣。若夫《西厢》，为言情之书，笔笔风云，字字波俏，情在或出或没之间，意在若近若远之际，其灵洞恍惚，使人捉着，犹将飞去。而才子所说《西厢》异是，其写张生，必粗狠莽撞，浑身是一个李逵辨详后至其雄狐绥绥之状，又似西门庆。其写小姐，必易笑易哭，浑身是一个潘金莲；做张做势，又似阎婆惜。其写红娘，鬼头鬼脑，浑身是一个时迁；忽然狠毒，又似石秀。只因才子止有一副《水浒》伎俩，心眼不能少变，遂欲将《西厢》作一例看。不知《水浒》与《西厢》，人物事情，各各不同。《水浒》一味爽快，《西厢》一味飘逸；《水浒》飘逸处亦皆爽快，《西厢》爽快处亦皆飘逸，将来一例看不得。才子未免多此一事，以至出乖露丑，彼犹喋喋于《左》《史》《庄》《骚》，又将谁欺哉？世或不察，存伪失真，因略举纰缪，列为四端。以质原词。苟有耳目，自能辨析，然舛错甚多，何堪殚述。

一、改换关目；二、强作解事；三、窜易字句；四、横分枝节。⑦

他时见贯华堂《水浒传》，叹其心眼尖利，可启年少聪明；后见《西厢记》，不觉废然，于他书不敢复阅。贯华主人，其自谓必天下之锦绣才子也。今观《西厢》种种评论，遂使本相尽露：心肝生得粗恶，口舌生得叫嚣，思路生得尖纤，笔意生得拖沓。曾一施于《水浒》，聊当剧谈一出。其于《西厢》，不能更造心眼，出手不来，遂尔东涂西抹，衍成一片风话⑧。偶拈一语，旋个不休；忽扯一淡，缠个不了；语语顶针，字字转脚；漫漫若重雾，滚滚若飞灰。使人家子弟见之，损多少智慧，长几许恶习。若李氏《藏书》⑨所载古人事实，而批词横肆无忌，如云"胡说"，如云"放屁"，成何词令？此闾巷负贩⑩反唇渤淬⑪之语，艺苑中从无有此。后生见之，徒以长其凌厉颠狂之习，其不得死固宜也。今贯华《西厢》，信手涂窜，全副是闾巷发科打诨之习，略无一些风雅。后生效其恢谐，遂成终风谑浪。此乐府鸱鸮⑫，词场害马，属意骚坛者当急投诸水火，岂止与魏收藏拙⑬？

【注释】

①文末署"鸳湖褚元勋芳型氏偶笔"，褚氏生平不详，此文对圣叹批评《西厢记》很不以为然，选录以备读者参详。

②《辍耕录》：即《南村辍耕录》，元代陶宗仪所编的一

部史料笔记,以元代为主,宋代为次。下文"陶仪客",当即陶宗仪,不知"陶仪客",出于何典。

③打本:戏曲剧本。

④山魈(xiāo):一种猴科灵长类动物,见于《山海经》。

⑤贯华才子:此处仍指金圣叹。金圣叹所刻之书多冠以"贯华堂"之名,过去多以为是金圣叹的书室堂号,但圣叹有一位好友韩贯华,圣叹也常称他为"贯华先生",在《水浒传序》中自称"十二岁便贯华堂所藏古本",因此,也有不少学者认为贯华堂是韩氏或他人的堂号。可详见徐朔方《金圣叹年谱》(主金氏堂号,收入所著《晚明曲家年谱》,浙江古籍出版社1993年版)、陆林《〈晚明曲家年谱〉金圣叹史实研究献疑》(主韩氏堂号,载《文学遗产》2002年第1期)、吴正岚《金圣叹评传》(主韩氏堂号,南京大学出版社2011年版)等。下文"才子""贯华主人"等,均指圣叹。

⑥《小题》:即圣叹所作《小题才子书》,详见本书所选《〈小题才子书〉序》。

⑦原文各列于此四端之后,分别详列圣叹窜改之处,文颇长,省之以清眉目。

⑧风话:同"疯话",亦可指男女间的挑逗之语。

⑨李氏《藏书》:指李贽《藏书》。李贽,字宏甫,号卓吾,别号"温陵居士"。著有《藏书》《续藏书》《焚书》

《续焚书》等,亦曾评点过《水浒传》《西游记》。

⑩闾巷负贩:街巷所见的贩夫走卒。

⑪反唇渤谇(suì):争执,争吵,互骂。

⑫鸱鸮(chī xiāo):即俗称为"猫头鹰"的猛禽。比喻贪恶之人。

⑬与魏收藏拙:语出《隋唐嘉话》:"梁常侍徐陵之于齐时,魏收文学北朝之秀,收录其文集以遗陵,令传之江左。陵还,济江而沉之,从者以问陵,曰:'吾为魏公藏拙。'"魏收,字伯起,与温子昇、邢邵并称"北地三才子",曾欲借徐陵之手,将文集传之南朝,谁知徐陵渡江时,将之沉于江中,并说这是为魏收藏拙。

【赏读】

一片赞颂称贺声中,忽有如此一篇骂文,吾恐读者诸君不禁愕然矣。诸君少安,听我一语:圣叹评书,以嬉笑怒骂出之,爱便爱到骨里,骂亦骂到骨里。爱到骨里,世不少见;骂到骨里,世不多见。圣叹既以骂人到骨里为世所稀见,则宜其复遭人骂到骨里;圣叹既敢骂人到骨里,又何惧遭人骂到骨里也?此文作者何其多情,然此骂文,恐与圣叹挠痒尚嫌力弱哩。

《天下才子必读书》序[①]

徐 增

圣叹先生有六部《才子书》：一、《南华》，二、《离骚》，三、《史记》，四、杜诗，五、《水浒传》，六、董解元《西厢记》也。其评此六《才子书》盖有故：夫文者，载道之器也。圣人之道，散现于典籍，故欲知圣人之道，当先知圣人之文。圣人之文，用法多端，变化不测。读其书者，不知其法则文晦；文既晦矣，道何由明哉？圣叹之评六《才子书》，以其书文法即六经之文法，读者精于六《才子书》之法，即知六经之法；六经之法明，则圣道可得而知，故评六《才子书》为发轫也。

初圣叹欲评此六《才子书》，盖尝三七思惟矣：欲先评《南华》，庄生之言，似乎奔放，实合圣道，不得先事，《第一才子书》也；欲先评《离骚》，屈子忠于君国，凄迷缠绵，其义甚深，又不得先事，《第二才子书》也；《史记》愤激，不免肮脏；杜诗精密，苦于束湿②，皆不得先事。且此四《才子书》有人读之，而未必人尽读之也。若《水浒》一书，则人自少至老，自智至愚，无不读之、无不爱之者也：莫如先评《水浒》，此《第五才子书》出最早也，贯华堂本亦既盛行于世，天下皆知圣叹评《才子书》之意矣。至夫《南华》，则尝与同学论之而未评；《离骚》尝评二卷许，名《恸哭注》，中止；《史记》评十之二三，杜诗评十之七八，董解元《西厢》评十之四五，散于同学箧中，皆未成书。

圣叹性疏宕，好闲暇，水边林下，是其得意之处；又好饮酒，日为酒人邀去；稍暇又不耐烦，或兴至评书，奋笔如风，一日可得一二卷，多逾三日则兴渐阑③，酒人又拉之去矣。同学诸子望其成书，百计怂恿之。于是刻《制义才子书》，历三年，此最久。刻王实甫《西厢》，应坊间请，止两月，皆从饮酒之隙，诸子迫促而成者也。庚子④，评《唐才子诗》，乃至键户⑤，梓人⑥满堂，书者腕脱⑦；圣叹苦之，间许其一出。书成，即评《天下才子必读书》，将以次完诸《才子书》。明年辛丑⑧，《必读书》甫成而圣叹挂吏⑨议，故未有序，许诸子于囹圄中成之。未几，圣叹卒，诸子遂以无序书行。

嗟乎！《天下才子必读书》乃圣叹绝笔之书也，

从此世不得复见庄周、屈原、司马迁、杜甫四《才子书》矣！《必读书》同学拮据刻之，兹周子雪客复刻之于白门。癸卯岁暮⑩，乃不远数百里驰书于余，属⑪为序，且谬以余为知圣叹，非余不能序圣叹之书。夫余乌能⑫序之？又乌能知圣叹？圣叹固非浅识寡学者之能窥其涯岸者也！圣叹异人也，学最博，识最超，才最大，笔最快。凡书一经其眼，如明镜出匣，隐微必照；经其手，如庖丁解牛，腠理割然⑬；经其口，又如悬河翻澜，人人快意：不啻冬日之向火，通身暖热；夏日之饮冰，肺腑清凉也。

余既病瘤⑭，见圣叹不数数⑮，曾逾八年得一相见，每有论断，恨余不在其处，同学或来道之。又每相见，圣叹必正襟端坐，无一嬉笑容。同学辄称其饮酒之妙，余欲见之而不可得。叩其故，圣叹以余为礼法中人而然也。盖圣叹无我，与人相对，则辄如其人。如遇酒人，则曼卿轰饮⑯；遇诗人，则摩诘沉吟⑰；遇剑客，则猿公舞跃⑱；遇棋师，则鸠摩布算⑲；遇道士，则鹤气横天⑳；遇释子㉑，则莲花迎座；遇辩士㉒，则珠玉随风；遇静者，则木讷终日；遇老人，则为之婆娑；遇孩赤，则啼笑宛然也。以故称圣叹欺善者，各举一端；不与圣叹交者，则同声詈㉓之：以其人之不可方物也。

余所知圣叹者止此，周子乃遂欲余序其书哉？圣叹书皆自为序，人固不得参一语也；且圣叹之书传，亦不在序之有无也，且圣叹评书从无二法。今《水浒传》有序，《双文记》有序，《制义才子书》有序，《唐才子诗》有序：此皆《天下才子必读书》之序也，又何必余为赘疣哉？无已[24]，为述共评书之意如此。

嗟呼，宇宙茫茫，谁知圣叹？周子乃心慕之不衰，而欲广传其书于天下：一人知己，乃在身后，圣叹可以无恨！余安能起圣叹先生于九京[25]，毕诸《才子书》，而使周子尽传之天下也。

大易学人[26]吴郡徐增书。

【注释】

①此文为徐增为金圣叹所批《天下才子必读书》所作的序。《天下才子必读书》选文共分十五卷：卷一、二《左传》，卷三《国语》，卷四《战国策》，卷五《战国策》《秦文》，卷六、七、八《西汉文》，卷九《东汉文》、《后汉文》（指"蜀汉"）、《晋文》，卷十、十一、十二《唐文》，卷十三、十四、十五《宋文》，各有批评。徐增，圣叹挚友，数见于本书，不赘。

②束湿：形容身遭困厄之境。

③阑：消歇。

④庚子：清顺治十七年，当公元1660年。

⑤键户：闭门不出。

⑥梓人：此处指书坊的刻板工人。

⑦书者腕脱：抄书的人抄到手腕脱位。

⑧明年辛丑：次年为辛丑年，即顺治十八年，当公元1661年。

⑨挂吏：停职等待审查。

⑩癸卯岁暮：癸卯年年末。癸卯，即清康熙二年，当公元1663年。

⑪属（zhǔ）：同"嘱"，嘱托，委托。

⑫乌能：怎能，焉能。

⑬膝理割（huò）然：皮肤、肌肉的纹理清晰明朗。

⑭病痼（gù）：长久难治的病。

⑮不数数：次数不多。

⑯曼卿轰（hōng）饮：像曼卿一样狂饮。曼卿，即石延年，字曼卿，北宋文学家、书法家，以嗜酒闻名，《湘山野录》记之甚详。

⑰摩诘沉吟：像摩诘一样沉吟。摩诘，即王维，字摩诘，唐代著名诗人、画家。

⑱猿公舞跃：像猿公一样舞剑。猿公，指剑术高超的隐士，事见《吴越春秋》。

⑲鸠摩布算：像鸠摩一样布局筹算。鸠摩，指鸠摩罗什，东晋十六国时期高僧、名僧，棋艺甚高，事见《酉阳杂俎》。

⑳鹤气横天：指一派仙风道骨。

㉑释子：指佛教僧徒。

㉒辩士：善辩之士。

㉓詈（lì）：骂。

㉔无已：不得已。

㉕九京：即九原，指墓地。

㉖大易学人：徐增和金圣叹都曾署此名，表示是易学方面的同人。

【赏读】

本书所选"他者眼中之圣叹"，以此篇为最佳。何以言之？其情最真，其意最切，其文最妙，其人最知圣叹也。